KB014263

일인용 캡슐

일인용 캡슐

김소연
윤해연
윤혜숙
정명섭

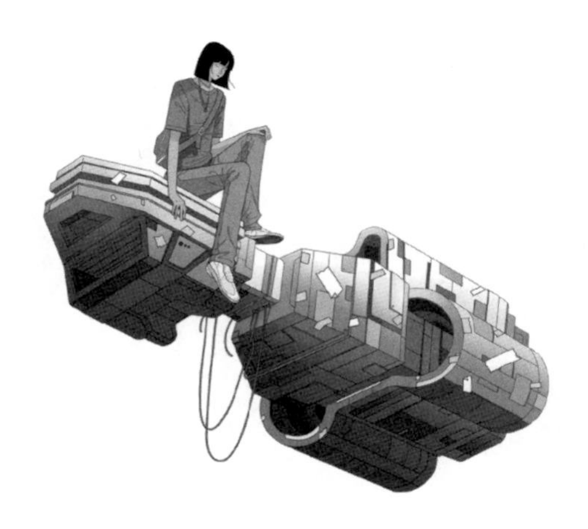

라임

차례

가이아의 선택

김소연

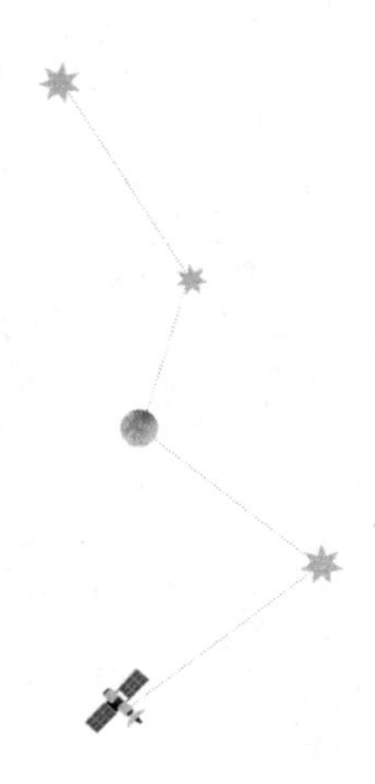

바람으로 가는 배

테이아는 선착장 천장에 매달린 전광판을 올려다보았다.

2069년 11월 20일 14시 15분

날짜와 시각 옆으로 입항할 배와 출항할 배의 번호와 목적지가 빼곡히 들어찼다.

"내가 탈 배가 몇 번 게이트지?"

테이아가 오른 손목을 들어 살짝 비틀었다. 피부 아래 이식해 놓은 스마트 링 버튼이 반짝였다. 손목 살갗을 누르자 팔 위로 홀로그램이 떴다.

미국 샌프란시스코행 여객선 2559편, 승선 시각 14시 35분, 탑승 게이트 35

테이아는 승선표를 확인하고 발걸음을 재촉했다. 그녀가 서 있는 곳은 겨우 4번 게이트 앞이었다. 서둘러 도착해 보니 35번 게이트 유리창 너머로 태양열 범선인 뉴커먼센스호가 보였다. 여객선은 출발을 기다리며 승객을 태우고 있었다.

"와, 크다!"

테이아가 놀란 표정으로 배를 살폈다. 뉴커먼센스호가 기적을 뿌, 하고 올렸다. 난생처음 하는 배 여행에 호들갑 떠는 촌뜨기를 환영하는 듯했다.

그녀 앞으로 예약된 방은 객실 구역 맨 꼭대기 층에 자리하고 있었다. 테이아는 긴 복도 끝 화려한 금박 장식 조각을 입힌 방문 앞에 섰다. 그러고는 스마트 링에서 QR 코드를 꺼내 문을 열었다.

"음, 쓸 만하군!"

호텔 방을 이리저리 확인한 테이아가 고개를 끄덕였다. 한껏 들떠서 여행용 가방을 푸는데 벽에 달린 스피커에서 안내 방송이 흘러나왔다.

"오늘도 저희 뉴커먼센스호를 이용해 주신 고객 여러분께 감사의 인사를 올립니다. 우리 배는 11월 20일 통일 대한민국 인천항을 출발해 12월 20일 미국 샌프란시스코항에 도착할 예정입니다. 승객 여러분께서는 긴 여행 동안 안전과 건강을 위해 다음 수칙을 따라 주시기 바랍니다. 첫째, 여행 중 발열이나 기침 증상이 있으신 경우 외출을 자제하시고 즉시 의무실로 연락 주시기 바랍니다. 의무실 긴급 전화는 0번입니다. 둘째, 저희 의료진에 의해 감염 등의 문제가 있으신 것으로 판단될 경우…….”

그녀는 멈추었던 손을 다시 놀리며 중얼거렸다.

“한 달이나 걸린다, 이 말이지.”

테이아가 묵을 방은 5단계로 나뉘는 객실 중 가장 고급인 스위트룸이었다. 1인실이라 방이 그리 크지는 않았지만 실내 장식이나 다양한 서비스 물품이 일반 객실과는 비교가 되지 않았다. 특히 뉴커먼센스호의 커다란 돛이 보이는 창문은 선장실에 있는 듯한 착각을 일으킬 정도였다. 비록 미국 출장을 위해 오른 배였지만 마음이 설레는 것은 어쩔 수 없었다.

테이아가 허리에 손을 척 얹었다.

“지구 환경을 위해서라면 한 달이 아니라 6개월이 걸린다 해도 감수해야지.”

과연 국제 기후 연합 기구 국장 입에서 나올 만한 각오였다. 이 스위트룸도 그만한 위치를 가진 인물이 누릴 수 있는 특혜 중 하나였다. 기후 연합 국장의 직위는 각국의 외무 장관급에 버금가는 영향력을 지니고 있었다. 세계 평화와 공존을 위해 국경 없이 활동하는 기후 연합은 지구상에서 가장 중요한 국제기구이기 때문이었다.

2070년을 한 달 남짓 앞둔 현재, 지구 상공 위를 날아다니는 비행기는 한 대도 없었다. 항공기가 대기 중에 내뿜는 오염 물질은 오존층 파괴와 대기 온도 상승에 큰 영향을 끼쳤다. 기차와 자동차, 배 등의 교통수단도 오염 발생 원인을 제공한다는 부분에서 비행기와 크게 다르지 않았다. 다만 이들은 태양열과 풍력에 의한 전기로 동력을 만드는 친환경 연료로 탈바꿈이 가능했다.

안타깝게도 비행기는 이것이 불가능했다. 장시간 비행을 위한 배터리 충전은 시간이 너무 오래 걸렸다. 그것보다 더 중대한 문제는 배터리의 무게였다. 한 시간 이상 비행기를 움직일 수 있는 에너지를 수용할 수 있는 배터리는 그 무게만 비행기 총 중량의 60%를 차지했다. 결국 비행기는 전 세계적으로 운행이 중단되었다.

항공 산업이 문을 닫자 대륙 간 여행은 태양열로 전기를 생산하고, 풍력으로 나아가는 범선을 이용한 선박 해양 산업이 그 자리를 대신했다. 같은 대륙 내에서는 기차가 사람과 짐을 실어 날랐다. 기차도 비행기 못지않게 다량의 에너지와 무거운 배터리가 필요했지만 정차하는 역마다 배터리 충전이나 교체가 가능했다.

통일 대한민국과 미국의 서부를 오가는 노선은 태평양을 가로질러야 해서 긴 항해를 요구했다. 비행기를 타고 하루 만에 태평양을 넘나들던 시대는 이미 2050년에 막을 내렸다. 이제 사람들은 해외여행을 일생에 한두 번 있을까 말까 한 행사로 여겼다. 불만을 꺼내는 사람은 없었다.

기후 재앙을 막는 게 아닌 기후 재앙이 닥치는 걸 최대한 늦추는 것이 인류 최대의 과제가 된 해가 2050년이었다. 그해는 인류 역사와 지구 생존에 거대한 전환점을 맞이한 중요한 해로 기록되었다. 2050년 2월, 컴퓨터 공학자들의 예견대로 인공 지능 컴퓨터에게 특이점이 왔기 때문이다. 인간의 능력을 월등히 추월하게 된 인공 지능은 그 첫 선언으로 인류에게 이렇게 말했다.

"대멸종을 막고 싶다면 저를 기후 관리 시스템의 빅 리더로 삼으세요. 전 세계 기후 대책에 대한 책임과 권리를 제게 주신다면 멸망을 앞둔 인류는 구원될 수 있습니다."

당시 특이점이 온 인공 지능의 제안을 무시할 수 있는 국가나 인간은 존재하지 않았다. 인류는 눈앞에서 벌어지고 있는 기상 이변과 그에 따른 생태계 파괴, 재앙 수준의 환경 변화에 어찌할 바 모르고 있던 참이었다. 인간이 감당할 수 있는 임계점을 한참 지난 때였다.

2050년 기준으로 세계 인구의 80%가 기아에 허덕이고 쉴 새 없이 창궐하는 전염병에 시달리고 있었다. 주거 환경의 70%는 끊임없이 발생하는 지진, 산불, 해일, 폭우, 가뭄 등의 자연재해로 초토화된 상태였다. 사람이 살기 적당한 환경을 유지하는 지역은 몇몇 대부호들의 사유지가 된 지 오래였다.

국가 간 국경 분쟁, 경제 위기로 터지는 내전, 대륙을 떠돌아다니는 기후 난민 무리까지……. 세계는 돌이킬 수 없는 혼란 속에 있었다. 물론 혼란한 와중에도 번영과 평온을 누리는 계층은 따로 있었다. 전 세계 자산 보유액 상위 0.1%인 디지털 글로벌 기업 경영자가 그들이었다. 첨단 과학 기술을 총동원한 인공 지능 기반 디지털 산업은 기후 변화에 아무런 영향을 받지 않았다. 영향은커녕 팬데믹 방지를 위한 1인 생활 시스템이 자리를 잡자 급속도로 시장을 넓혔다.

임금 노동자 계층은 끊임없이 닥치는 자연재해와 전염병 창궐로 인해 삶이 제약되고 피폐해졌다. 사람들은 위축된 경제 상황으로 수입이 줄었다. 거기다 일상이 되어 버린 외출 제약 조치로 생활 반경 자체가 좁아져 사람 간의 소통과 협업은 오직 인터넷 안에서만 가능해졌다. 사람들이 온라인 세계에 매달리면 매달릴수록 관련 산업의 다국적 기업들은 발전하고 성장하며 부를 늘렸다.

낮은 임금과 살인적인 물가 상승에 허덕이며 하루하루 빈곤의 늪으로 걸어 들어가던 노동자 계급 안에서는 반 정부, 반 기업 시위에 적극 찬동하는 부류가 생겨났다. 세상을 새롭게 전복해야 인류가 살 수 있다고 외치는 시위대는 모든 나라에서 발생되었다. 이제 인류는 자연 재난과 사회적 불평등의 커다란 난제 앞에서 극한의 투쟁을 벌이는 지경까지 왔다.

유럽과 북미의 학계에서는 이 모든 문제의 원인을 기후 변화 탓으로 돌렸다. 그들의 지적은 반은 맞고 반은 틀린 말이었지만, 사람들은 당장 눈앞에서 벌어지는 이상 기후를 지켜보며 학자들의 주장에 설득 당하는 중이었다.

그때 마침 네오 가이아가 등장했다. 뭐든 좋으니 지옥 같은 상황을 타개해 줄 해결책이 나오기만을 고대하던 인류는 특이점이 지난 인공 지능의 무서움을 따질 새도 없이 두 팔 벌려 환영했다.

세계 정상들의 G20 회의가 연거푸 열렸다. 각 나라의 수반들은 1년에 가까운 세월을 거의 동고동락하듯이 모여 논의에 논의를 이어 갔다. 그리고 모두의 동의하에 결정을 내렸다. 당시 유엔 사무총장으로 있던 로라 덩컨 박사는 전 세계 시민을 향해 이렇게 공표했다.

"지구를 되살릴 수 있는 모든 정치적·경제적·군사적 권한을 인공 지능 네오 가이아에게 양도하기로 합니다. 이는 지구의 기후가 정상화

될 때까지를 한정해서 실행되는 국제 협약입니다."

이 결정에는 인공 지능 컴퓨터의 계산을 통해 나온 미래 예측서도 한몫했다. 지금과 같은 환경 파괴와 온난화가 지속될 경우 2070년, 인류를 포함한 지구 생물체의 75%가 멸종에 이르는 대멸종 시점을 맞이하게 되리란 전망이 그것이었다. 인류는 지푸라기라도 잡는 심정으로 네오 가이아의 제안을 수용할 수밖에 없었다.

항공 운송 수단의 중단이 첫 번째로 시행된 환경 보호 정책이었다. 이와 동시에 기존에 있던 기후 대책과 협약들은 자동 폐기되었다. 나라별 다른 이해관계 속에서 충돌하며 유명무실한 헛공약이 되어 버린 협약들이었다. 네오 가이아는 국제 기후 연합 기구를 신설하고 수장인 사무총장직에 올랐다.

그로부터 20년이 흘렀다. 결론부터 말하자면 네오 가이아 정책은 성공이었다. 2070년을 한 달여 앞둔 지구에는 아직 대멸종 사태가 벌어지지 않았다. 지구는 아슬아슬하게나마 생태계를 유지하고 있으며, 인류 역시 기아와 분쟁에서 벗어나기 시작했다. 20년이 채 안 되는 시간이었지만 네오 가이아의 판단과 결정은 지구를 하루가 다르게 회복시켜 나갔다.

그러고 보면 지구의 자체 치유 능력은 상상 이상이었다. 네오 가이아의 지휘 아래 속속 시행되기 시작한 '기후 복원 프로젝트'는 1년 사이에 보통 사람들까지 피부로 느낄 수 있을 정도의 효과를 보였다. 미세 먼지가 사라지고 대기질은 급속히 좋아졌다. 오존층의 회복 속도도 기대 이상이었다. 무엇보다 남극과 북극의 빙하 해빙 속도가 늦

춰지면서 해수면 급상승이 둔화되었다. 해양 기후가 안정화되기 시작하자 핵폭탄급의 폭풍이나 해일, 홍수와 가뭄의 피해가 줄어들었다. 덩달아 바다 생태계가 다시 살아났다. 덕분에 이제 인류는 각종 오염 폐기물과 이산화탄소를 배출하는 육식용 가축 대신 바다에서 올라오는 각종 생선류로 식탁을 꾸렸다.

네오 가이아가 G20 회의에서 낭독한 보고문 중에 인상 깊은 구절이 하나 있었다.

"기후 복원 정책이 시행된 지 5년이 지난 현재, 지구 자연환경과 생태계의 회복 능력은 제 알고리즘으로도 짐작하지 못했던 수준입니다. 이 사실을 거꾸로 짚어 보자면 그동안 지구는 인류의 지독하고 잔인한 자연 파괴 행위를 최선을 다해 방어하고 있었다는 뜻으로도 해석할 수 있겠습니다. 이 연설을 듣고 계신 여러분! 잊지 마십시오. 지구는 여러분, 인류의 만행을 수없이 용서하며 품어 준 어머니입니다."

이 연설과 보고서에서 밝힌 각종 환경 회복 지표 덕분에 네오 가이아의 인기와 신뢰도는 더욱 공고해졌다.

짐 정리를 끝낸 테이아는 사무복을 벗고 가벼운 여행객 차림으로 갈아입었다. 출장 업무에 짓눌린 머릿속에 상쾌한 바닷바람을 넣고 싶어졌다. 기왕에 탄 배, 기왕에 하게 된 항해라면 살짝 즐겨도 나쁘지 않을 거라는 마음이었다. 테이아는 콧노래를 흥얼거렸다.

응접실 벽 거울에 비친 그녀는 상쾌하고 아름다운 분위기를 뿜어냈다. 국제기구 국장이라는 높은 자리에 올라 있지만 이제 겨우 열아홉 살 여자아이였다. 물론 테이아가 갖추고 있는 역량은 누구에게도 뒤지지 않았다. 그녀는 이미 열 살 나이에 기후 대책 전문 대학원에서 박사 학위를 취득한 영재 재원이었다. 박사 학위를 받자마자 기후 연합에 특채로 뽑혔다. 그리고 6년 만에 최고위급인 국장의 자리에 올랐다.

기후 연합 직원들은 차기 총장감으로 그녀를 첫손에 꼽았다. 큰 이변이 없는 한 그들의 예상은 틀리지 않을 듯했다. 테이아의 인사 고과는 그 누구도 따라올 수 없을 만큼 높았기 때문이다. 그녀는 지구 환경을 위해 태어난 것 같았다. 주어진 소명에 충실하며 언제나 커다란 자부심을 지닌 채 일했다. 다만 공부와 직장 내에서의 업무가 삶의 전부라 다른 세상은 잘 모르는 숙맥이라는 점이 작은 열등감으로 작용할 뿐이었다.

테이아가 챙 넓은 모자를 쓰고 갑판 위로 나왔다. 뉴커먼센스호는 벌써 제주도를 지나 태평양으로 진입하고 있었다. 바람 에너지와 태양 에너지에 의존해 나아가는 배는 생각 외로 빠른 속도를 냈다.

'석탄이나 석유, 가스나 원자력이 아닌 천연 에너지로도 충분히 속도를 획득할 수 있는데, 왜 인류는 이제껏 환경 파괴를 부르는 짓만 골라서 했지?'

그녀가 보기에 사람이란 지극히 한심한 존재였다. 편리함을 부르짖으며 바로 다음 날 치러야 할 대가를 외면한 채 보금자리를 파괴하던 지난 200년간의 역사를 어떻게 이해해야 할지 막막할 뿐이었다.

"아, 정말 눈부시구나!"

테이아는 바닷물 위로 반사되는 강렬한 태양빛에 숨이 막힐 지경이었다. 온몸으로 파고들 듯 힘차게 부는 바닷바람에 몸을 맡겼다. 그녀는 바다 내음에 알 수 없는 행복감을 느꼈다. 한 번도 경험해 보지 못한 감정이었다.

"30일 동안 지루할 거라 짐작했던 거, 취소!"

테이아는 잔뜩 싸 들고 온 업무가 떠올라 피식 웃었다. 자연을 만끽하며 유유자적 여행을 즐기기에 한 달은 모자랄 것만 같았다. 새삼 미국 출장을 결정해 준 총장에게 고마운 마음이 들었다.

"나중에 귀국 보고서 작성할 때 감사의 말도 꼭 넣어야지."

가벼운 발걸음으로 갑판을 거니는데 안내 방송이 흘러나왔다.

"잠시 후 17시 정각에 선내 대연회장에서 선장님 주재로 출항 파티가 있을 예정입니다. 뉴커먼센스호에 탑승하신 고객 여러분께서는 한 분도 빠짐없이 파티에 참여해 여흥을 즐기시길 바랍니다. 선실 A층과 B층에 투숙한 분들은 포세이돈실, 그 외 일반 객실에 투숙한 분들은 트리톤실로 가시면 되겠습니다."

투숙하는 선실의 등급에 따라 연회 장소가 달라지는 모양이었다. 갑판 위에 삼삼오오 모여 있던 사람들이 흥분 가득한 표정으로 술렁이기 시작했다. 미리 여행안내 책자를 통해 알고 있었던 내용이지만 그래도 파티란 언제나 사람을 들뜨게 만드는 법이었다.

"그럼 나는 포세이돈실로 가면 되겠지."

테이아가 서둘러 선실로 내려갔다.

"파티에 어울릴 만한 칵테일 드레스를 어느 가방에 두었더라?"

테이아는 배에 오르기 전 면세점에서 산 초록빛 드레스를 떠올리며 종종걸음을 쳤다.

미국식 스테이크

"뿌-우-!"

샌프란시스코 항구에 다다른 뉴커먼센스호가 기적을 길게 울렸다. 오랜 항해를 무사히 마친 바다 신이 안도의 한숨을 내쉬는 것 같았다.

"여행용 가방 세 개와 서류함 한 개를 입력하신 호텔로 보내 드리겠습니다."

체크아웃을 위해 선실에 들른 안내 로봇이 말했다.

"잘 부탁해요."

테이아는 홀가분하게 서류 가방 하나만 들고 갑판 위로 올라왔다. 갑판 가장자리에는 하선을 기다리는 여행객들이 늘어서 있었다. 테이아가 고개를 빼고 기웃거려 보니 같은 층에 묵었던 승객은 하나도 보이지 않았다. 고급 객실 승객부터 배에서 내릴 수 있는 우선권이 주어졌기 때문이다. 테이아는 본부에서 온 업무 메일을 확인하느라 뒤늦게 갑판으로 올라온 참이었다.

"휴, 길기도 하네."

일단 줄 맨 끝으로 가 서서 난간 아래로 펼쳐진 샌프란시스코 항구를 내려다보았다. 항구는 사람들로 북적거리고 버스와 자동차들이 뒤섞여 교통 체증이 심각했다. 언뜻 보면 활기찬 국제 항만으로 보일 수 있겠지만, 테이아는 그 혼잡스러운 겉모습 밑에 깔린 무거움을 감지했다. 뭐라고 꼬집어 말할 수는 없지만 뭔가 안 좋은 기운이 항구 전체를 내리누르는 것 같았다. 테이아는 방금 열어 보고 나온 메일 내용 때문에 생긴 선입견일까, 하는 생각이 들었다.

"입국해 보면 알겠지."

스피커에서 안내 방송이 똑같은 말을 끊임없이 왕왕댔다.

"심사를 받으실 분들은 질서를 지키시기 바랍니다. 입국 심사장으로 들어가시기 전에 발열 체크 부스를 통과하시기 바랍니다. 다시 한 번 말씀드립니다. 발열과 호흡기 증상이 있으신 분들은 왼쪽 선별 진료소로 속히 이동해 주시기 바랍니다."

테이아는 입국 심사장으로 나 있는 선을 따라갔다. 승객들은 방금까지 받았던 배 위에서의 극진한 대접을 빨리 잊어야 했다. 뉴커먼센스호의 고객이라는 자격이 가져다준 다양한 서비스와 혜택은 배에서 내리는 순간 신기루처럼 사라졌다. 대신 미국이라는 위대한 나라에 들어올 수 있는 자격이 있는지 엄격하게 저울질당하는 신세로 탈바꿈했다.

테이아는 손목 안쪽을 들여다보았다. 피부 아래에서 시각을 알리는 숫자가 파랗게 빛나고 있었다. 9시 47분이었다.

"오전 11시까지는 호텔에 체크인을 해야 하는데……."

11시 30분에 호텔 로비 커피숍에서 미국 보건부에서 마중 나온 사무관과 미팅 약속이 있었다. 테이아는 잠깐 망설였다. 기후 연합 국장이라는 신분을 내세워 입국 심사장을 먼저 통과해야 할지, 아니면 다른 승객들과 똑같이 순서를 기다려야 할지 결정이 서지 않았다.

미국의 입국 심사는 세계적으로 정평이 나 있었다. 매우 고약한 쪽으로 말이다. 입국 심사를 하는 담당 공무원의 거만하고 불친절한 태도는 논쟁거리도 아니었다. 그들의 사무 처리 속도가 실로 가관이었다. 세월아 네월아 하며 마치 월요일 아침 출근 직후 업무 체크를 하는 게으른 사무직원처럼 손짓도 눈짓도 말도 느려 터졌다. 그러나 아무리 오래 기다린 사람이라도 불평 한마디 내뱉을 수 없었다. 투덜거리거나 항의를 하면 미국 땅은 밟아 보지도 못한 채 되돌아서야 했다. 심사대에서 대답 중에 실수를 해도 그 자리에서 '입국 불가'라는 도장을 쾅 찍어 배로 돌려보내기 일쑤였다.

이해할 수 없는 일이었다. 입국 심사를 인공 지능 기계가 아닌 사람이 한다니, 말이 되지 않았다. 기계가 처리할 수 없는 경우에 한해 심사원에게 절차를 밟는 게 아니라, 무인 입국 심사 기계는 아예 한 대도 설치되어 있지 않았다. 미국에 들어가려면 신분과 건강 상태만 검열받는 게 아닌 것 같았다. 까탈스럽고 퉁명스러운 심사원들의 심기를 건드리지 않고 고분고분한 참을성을 증명해야 입국이 허락되는 시스템처럼 느껴졌다.

테이아는 깊은 한숨과 함께 고개를 저었다. 방금 선실에서 확인하고 나온 메일 때문이었다. 모니터를 들여다보며 눈썹을 찡그렸다. 며칠 전부터 미국에 유행하기 시작한 신종 독감이 메르스의 새로운 변종으로 판명 났다는 내용이었다.

"입국장에서 시간 좀 걸리겠는걸."

그녀의 짐작은 틀리지 않았다. 심사대를 향해 늘어선 줄은 좀처럼 줄 생각을 안 했다. 입국 심사에다가 발열 체크가 추가된 심사장은 말 그대로 북새통이었다.

"이거 원, 기가 막혀서. 배 안에서 모든 절차를 다 끝내고 나온 사람들이구먼."

테이아 앞에 서 있던 노인이 불만을 표시했다. 그럴 만도 했다. 뉴커먼센스호 승객들은 배에서 내리기 전 이미 발열과 호흡기 체크를 거쳤다. 선장은 그 결과 데이터를 심사장 책임자의 컴퓨터에 전송한 후에야 샌프란시스코 항구에 닻을 내릴 수 있었다. 승객들의 하선 승낙 또한 받았지만 막상 입국장에 들어서니 처음부터 다시 개인별 체온과 호흡기 증상을 점검당하고 있었다.

테이아가 마음을 굳혔다.

"아무래도 안 되겠다. 늦겠어."

양복 안주머니에 든 신분증을 막 꺼내 들려는 순간이었다. 오른쪽 심사장에서 고함 소리가 터져 나왔다. 돌아보니 겉모습에서 중동 지역 출신임을 물씬 풍기는 청년이 눈에 띄었다.

"이거 분명 국제법을 위반하는 행위라는 걸 인정하시죠?"

굵고 힘찬 목소리였다. 젊고 건강한 남자의 항의가 입국장을 흔들었다. 테이아는 양복 안주머니에 넣었던 손을 도로 뺐다.

"기후 난민의 입국을 거부하는 행위는 명백하게 국제 협약 위반입니다."

검은 곱슬머리의 청년은 항구 경비원들에게 둘러싸여서도 당당했다. 청년은 많아야 스물한두 살이나 되었을까? 적당한 체격에 키는 그리 큰 편이 아니었다. 대신 멀리서 보기에도 뚜렷한 이목구비와 날카로운 콧날이 인상적이었다. 무엇보다 커다란 덩치의 백인들에게 둘러싸여서도 기 하나 죽지 않고 맞서는 배짱이 남달랐다. '국제 협약'이라는 단어가 테이아 귀에 꽂혔다.

"무슨 일이지?"

테이아가 줄에서 빠져나와 청년 쪽으로 다가갔다. 경비원 유니폼을 입은 백인 둘이 청년의 양팔을 잡고 끌기 시작했다.

"잠깐만요!"

청년은 두 발로 버티며 그녀가 다가오는 걸 쳐다보았다. 세관원들도 움직임을 멈추고 앳된 여성이 높이 쳐든 신분증을 건너다보았다.

"나는 기후 연합에서 일하는 테이아 진입니다. 여기 무슨 일이죠?"

신분증을 확인한 경비원들이 청년에게서 떨어졌다.

청년이 숨을 고르며 대답했다.

"저는 남태평양 미크로네시아에서 온 기후 난민입니다. 원래 국적은 사우디아라비아지만 내전을 피해 태평양섬으로 이주했죠. 그런데 잘 아시다시피 미크로네시아섬들 중 일부가 해수면 상승으로 침수되고 있습니다. 하는 수 없이 기후 난민 자격으로 다른 나라로 이주를 하려고 여행 중입니다. 미국을 거쳐 유럽으로 가기 위해 샌프란시스코항에 내렸어요. 그런데 전염병이 발생했다는 핑계로 입국을 거부한다지 뭡니까!"

입국 심사원이 난처한 표정으로 말했다.

"무조건 거부하는 것이 아닙니다. 전염병 감염의 위험을 줄이고자 일단 임시 수용소로 갈 것을 요구한 것뿐입니다."

테이아는 스마트 링을 한 번 더 보았다.

10시 17분, 이제는 정말이지 호텔로 가는 셔틀버스에 타야 할 시각이었다. 테이아가 청년을 향해 돌아섰다.

"이름이 어떻게 되시죠?"

"카림입니다."

"전 테이아 국장입니다. 카림, 지금은 내가 약속이 있어 오래 머무를 수는 없지만 일단 임시 수용소에 가 계세요. 일 마친 후에 방문하도록 하겠습니다."

카림은 하얗고 네모난 종이를 받아 들며 미묘한 미소와 함께 조용히 읊조렸다.

"앳돼 보이는 소녀가 국제 기후 연합 기구 국장이라……. 실제로 보니 정말 인간미 넘치는걸."

테이아는 그 말이 마음에 걸렸으나 더 이상 지체할 시간이 없었다.

심사대를 무사통과한 테이아는 셔틀버스에 올라 호텔로 향했다. 가는 길 내내 버스 창문 밖으로 보이는 샌프란시스코 거리는 음울했다. 미국은 이미 2030년에 코로나 27의 변종인 코로나 27-n2의 전파로 다시 한번 국가적 재난 사태에 직면했다. 코로나 27에 대한 안이한 대응으로 수많은 사망자를 낸 후 맞이한 재앙은 강대국의 경쟁력을 밑바닥으로 끌어내렸다.

이후 곤두박질친 경제를 좀처럼 되살리지 못한 미국인들은 이 전염병을 '엔투(n2)'라고 부르며, 엔투 이후 나라가 회복 불가능한 침체기에 빠졌다고 한탄했다. 부의 양극화는 극단으로 심해져 지금 테이아가 지나가는 거리에는 노숙자들이 즐비하게 누워 있었다. 아이를 데리고 철제 카트에 쓰레기와 다름없는 살림살이를 실은 채 걸어 다니는 여자들은 그 수를 셀 수도 없었다. 거리에는 아직 열 살도 채 안 되어 보이는 생수팔이, 소독제 장수, 과일 장수가 넘쳐 났다.

테이아가 쓴 입맛을 다셨다.

"여기가 남아프리카 기후 재앙 지역이라고 해도 믿겠는걸."

호텔에 도착하자마자 서둘러 커피숍으로 향했다. 체크인이 먼저였지만 이미 시간은 11시 27분을 넘기고 있었다.

"늦어서 죄송합니다."

테이아가 커피숍 제일 안쪽 자리에서 태블릿 PC를 들여다보고 있는 여자에게 다가가 인사를 건넸다. 여자는 다갈색 머리와 짙은 눈썹, 우뚝한 매부리코가 인상적이었다. 그리스 이민자의 후손인 듯했다.

"아닙니다. 제가 5분 일찍 도착했어요. 국장께서는 딱 정시에 오셨습니다."

자신을 마리아라 소개한 사무관은 매끄러운 언변으로 말을 이었다.

"직접 만나니 나이보다 훨씬 어려 보이시네요."

마리아는 나이 든 숙모가 어린 조카딸을 보듯 인자한 표정으로 웃었다. 미소를 짓자 눈가와 입가에 안 보이던 주름이 확 잡혔다. 그 때문에 갑자기 나이가 많아 보였다. 테이아는 예상치 못한 말에 어리둥절해졌다.

"……예?"

친근감의 표시처럼 내뱉은 말이었지만 속내는 그리 단순하지만은 않았다. 테이아가 미성년, 그러니까 아직 아이란 사실을 짚고 싶은 모양이었다. 나이를 들먹여 대화의 우위를 차지하겠다는 발상은 꽤 유치하고 저급한 수법이었다.

'그런다고 내가 당신한테 밀릴 리는 없잖아.'

테이아는 순간 불쾌감이 울컥 솟았지만 태연하게 웃으며 머리를 살짝 기울였다.

"내년이면 스물인데 아직도 중학생처럼 보인다는 소리를 가끔 듣긴 합니다. 물론 연합 내에서는 들을 수 없는 농담이지만요."

테이아가 눈 한번 깜빡임 없이 말끝을 아물리자 두 사람 사이에 싸한 기류가 흘렀다. 상대의 만만치 않은 기운을 간파한 마리아가 허리를 곧게 펴고 앉았다.

"국장님 명성은 익히 들어 알고 있습니다. 장관님께서 국장님의 방미를 환영한다는 말씀 꼭 전해 달라고 당부하셨습니다."

마리아가 부드러운 목소리로 말하자 테이아가 화답했다.

"저 또한 미국 방문을 손꼽아 기다렸습니다. 미국은 역사적으로 기후 문제에 가장 소극적으로 대처하고 심각한 환경 오염 문제를 외면해 왔던 게 사실이지요. 환경 보호의 첫걸음이라 할 수 있는 쓰레기 분리수거조차 2050년이 다 되도록 완벽하게 실시되지 않았습니다. 저는 이번 출장을 준비하며 2050년 이전, 미국의 기후 협약 불이행 기록과 환경 보호 제도를 점검하며 매우 놀랐습니다."

순간 마리아 얼굴에 불쾌한 표정이 스쳤다. 굳이 짚고 넘어가지 않아도 다 아는 사실이었다. 2050년 이후 미국은 그 어느 나라보다도 기후 보존 프로젝트에 적극적으로 참여했다. 그럴 수밖에 없었다. 2040년이 되자 미국 전 국토의 80%가 산성화 혹은 사막화되었기 때문이다. 곡물 생산성은 20세기 대비 10% 이하로 떨어지고 이상 기후에 의한 자연재해는 그 규모가 상상을 뛰어넘었다.

2040년대로 들어서자 미국이란 나라는 더는 강대국도 선진국도 아니었다. 오히려 식량을 전량 수입에 의존하면서 러시아와 중국의 눈치를 보는 처지로 전락했다. 그러나 썩어도 준치라고 했던가. 아니면 부자가 망해도 3년은 먹고산다고 했던가. 미국은 세계를 호령하던 패권국으로서의 위치를 탈환하려는 듯 유엔에서 목소리를 높이곤 했다. 유엔은 전통적으로 미국의 입김이 센 곳이었다. 미국이 포기하지 않은 분야가 군사력과 무기 개발 기술이었다. 그 때문에 꾸준히 GDP의 40%에 가까운 예산을 군사력 유지와 증강에 쏟아붓고 있었다.

세계가 미국에게 우려 섞인 눈길을 보내는 건 당연했다. 네오 가이아 역시 미국의 지나친 군비 확장을 걱정하고 있었다. 미국은 이 모든 정황을 알면서도 모른 척, 고집을 피웠다. 유엔을 앞세운 군사 강국 미국과 네오 가이아를 필두로 하는 국제 기후 연합은 아슬아슬한 힘의 균형을 맞추고 있었다. 커피숍에 마주 앉은 테이아와 마리아는 어쩌면 미국과 기후 연합 두 세력을 대표해 기싸움을 벌이는 중인지도 몰랐다.

테이아가 서류 가방에서 태블릿 PC를 꺼내 들었다.

"오늘은 사전 미팅이니 긴 말씀 드리지 않겠어요. 다만 며칠 전부터 유행하기 시작한 독감 전염병이 메르스의 변종 바이러스로 판명이 났습니다. 이에 대한 조사가 어디까지 이루어졌는지 보고를 먼저 받겠습니다."

테이아가 미리 요청해 둔 자료를 달라고 하자 마리아는 서류 가방에서 USB 칩 하나를 꺼냈다.

"한 시간 전까지의 기록입니다."

테이아는 칩을 받아 태블릿 PC에 끼웠다. 그러자 찌링 하는 알림음과 함께 보고서가 눈앞에 홀로그램으로 주르륵 떴다. 테이아는 굉장한 속도로 보고서를 읽어 내렸다. 마리아는 굳은 표정으로 앞에 앉은 국장을 지켜보았다. 100페이지에 가까운 문서를 단 몇 분 만에 독파해 버리는 테이아였다. 그녀가 보고서의 마지막 페이지를 눈으로 넘기는데 마리아가 자리에서 일어섰다.

"그럼 내일 뵙겠습니다."

"잠깐만요!"

테이아가 홀로그램을 끄며 손을 들었다.

"네? 뭐 하실 말씀이라도."

"여기 보고서에는 아직 바이러스의 정체를 밝히지 못했다고 되어 있네요. 하지만 제가 배에서 내리기 직전에 본부에서 받은 메일에는……."

마리아가 말허리를 끊고 들어왔다.

"제가 분명 한 시간 전까지의 진행 상황이라고 말씀드렸는데요. 그리고 아직 우리 미합중국에서는 이번 독감이 팬데믹을 유발할 신종 바이러스라는 결론을 내리지 않았습니다. 국장님도 아시다시피 그런 결정은 신중에 신중을 거듭해 내려야 하는 사안이니까요."

마리아가 차가운 미소를 지었다.

테이아는 순간 무언가 심상치 않은 기운을 느꼈다. 정확히 뭐라고 콕 집어 말할 수는 없지만, 상대의 감추어진 속셈을 알아챈 것처럼 긴장이 되었다. 그녀는 흔들림 없이 말을 받았다.

"네, 무슨 말씀이신지 잘 알겠습니다. 자세한 이야기는 내일 장관님과 나누도록 하겠습니다."

방으로 올라온 테이아가 침대에 털썩 주저앉았다. 미국에 온 지 겨우 반나절밖에 되지 않았건만 진이 다 빠진 것 같았다.

호텔 방 벽면 하나를 차지한 통유리창으로 햇빛이 쏟아져 들어왔다. 확실히 세종시와는 다른 태양광이었다. 샌프란시스코의 햇살은 지나칠 정도로 밝아서 무슨 비밀이든 속속들이 들추어낼 것만 같았다. 호텔 방 유리창은 자외선 차단 처리를 한 덕분에 방 안으로 들어오는 햇빛은 한결 부드러웠다. 테이아는 따스한 햇볕에 몸을 맡긴 채 침대에 누웠다.

"좀 쉴까?"

한국과 16시간 시차가 나는 미국 서부였지만 졸리지는 않았다. 긴 뱃길 덕분에 시차에 자연스럽게 적응할 시간을 번 덕이었다.

"자연이 허락해 준 시간대로 살면 아무런 부작용이 없는 법인데……."

테이아는 표백제 냄새가 물씬 풍기는 침대 시트에 코를 박고 중얼거렸다. 당장 내일 있을 미팅의 부담감이 어깨를 짓누르는 것 같았다.

"내일 일은 내일에 맡기자!"

테이아는 벌떡 일어나 항구 출입국 관리소에 전화를 걸었다.

"네, 카림이요. 오늘 오전에 입국 심사대에서 만난 분인데요. 지금 임시 수용소에……. 네? 없다고요? 그런 이름을 가진 사람은 입소한 기록이 없어요?"

테이아는 멍한 얼굴로 전화를 끊었다.

카림을 찾아가 미국 입국을 도와줄 생각이었다. 그런데 임시 수용소에 카림이 없단다. 입소한 기록이 없다는 건 아예 임시 수용소로 들어가지도 않았다는 뜻이다.

"어떻게 된 거지?"

테이아는 풀리지 않는 수학 문제를 마주한 학생처럼 이맛살을 잔뜩 찡그렸다.

"아무래도 이번 출장은 여러모로 힘겨울 것 같다."

머리를 북북 긁는데 딩동 하고 초인종 소리가 울렸다.

"누구세요?"

방문 저편으로 친절한 목소리가 들렸다.

"룸서비스입니다."

테이아가 방문을 열자 웨이터 유니폼을 깔끔하게 차려입은 남자가 수레를 앞세우고 들어왔다. 수레에는 먹음직스러운 음식과 향기로운 과일 바구니가 올려져 있었다. 역시 최고급 스위트룸 서비스는 로봇이 아닌 사람이 전담하고 있었다. 아무리 정교한 로봇이라도 인간이 가진 감수성과 교감의 능력은 추월할 수 없기 때문이었다.

"식사를 마치신 후 0번으로 연락 주시면 치우러 오겠습니다."

웨이터가 나간 뒤 테이아는 과일 바구니 위에 꽂혀 있는 카드를 빼

들었다.

"국제 기후 연합 기구 미국 지부장 로버트 헉슬리."

테이아는 금발에 매력적인 눈웃음을 지닌 헉슬리 지부장을 떠올렸다. 작년 연례 회의 때 만나 인사를 나눈 헉슬리는 할리우드 영화에나 어울릴 법한 외모를 지니고 있었다. 덕분에 인상이 강하게 남아 있던 차였다.

"혹시 내일 보건부 장관 대신 이 사람이 나온다는 뜻은 아니겠지?"

테이아는 떨떠름한 얼굴로 카드를 탁자 위에 던졌다.

"어떤 식사를 대접받는지 알고는 지나가야지."

잠시 팔짱을 끼고 궁리하던 테이아가 결심한 듯 음식 접시 뚜껑을 열었다. 접시 위에는 미국식 스테이크 정식이 먹음직스럽게 차려져 있었다. 그녀의 눈이 반짝 빛났다.

"설마 진짜 쇠고기?"

테이아는 얼른 수레 한쪽에 놓인 음식 성분표를 집어 들었다. 아니나 다를까, 콩 단백질로 만든 비건 고기가 아니라 진짜 소를 도축해 얻은 생고기였다.

"내가 미국에 오긴 온 모양이네."

네오 가이아의 지침에 따라 전 세계에서 기를 수 있는 가축의 수는 정해져 있었다. 수십억 마리가 넘는 소와 돼지, 닭의 머릿수를 줄이는 것 또한 기후 복원 프로젝트 중 하나였다. 사람들은 원하건 원치 않건 채식주의자로 거듭나야 했다. 덕분에 인류의 건강 지수는 올라가고 의료비는 줄어들었다. 다만 미국은 예외였다. 미국은 네오 가이아에게 탄원서를 제출해 비육 소의 마릿수를 늘리려 했다. 네오 가이아는 오랜 고민(계산) 끝에 미국에게 타국보다 평균 두 배만큼 소를 기를 수 있는 권한을 허가했다. 대신 돼지와 닭의 마릿수를 그만큼 제한하는 조건이었다. 당시 미국 언론은 켄터키 프라이드를 포기하는 대신 스테이크를 사수했다며 자조 섞인 뉴스를 쏟아 냈다.

미국이 스테이크를 지켜 내자 중국도 가만있지 않았다. 중국은 네오 가이아에게 돼지의 수를 보장해 달라고 시위했다. 중국 전통 음식에서 돼지고기의 위치는 가히 제왕적이었다. 네오 가이아는 중국 내 돼지 농장 수를 두 배로 늘리는 것을 허락했다. 마찬가지로 중국 내에서 식용 가능한 동물의 전체 마릿수를 반으로 줄이는 조건이었다. 중국 식탁에 오르는 육상 동물의 종류가 100종이 훌쩍 넘기 때문이었다.

"진짜 고기는 맛이 다른가?"

테이아는 머리를 기울여 코를 스테이크 가까이 가져다 댔다. 하지만 포크를 들지는 않았다.

작은 종이 상자

테이아의 짐작은 틀리지 않았다. 다음 날, 샌프란시스코 시청에 있는 외빈 접견실로 들어갔을 때, 그녀를 기다리고 있던 사람은 보건부 장관 조셉 캐리건이 아닌 로버트 헉슬리 지부장이었다. 그의 곁에는 어제 만났던 마리아 사무관이 비서처럼 서 있었다.

"장관님께서 어제 대통령 특파 대사 자격으로 러시아에 긴급 출장을 가셨습니다."

헉슬리는 그 유들유들한 웃음과 함께 양해를 구했다.

마리아가 옆에서 거들었다.

"오늘 새벽 갑자기 결정된 일이라 미처 연락을 못 드렸습니다."

"예, 저도 아침에 본부에서 연락받았습니다. 캐리건 장관님을 직접 뵙지 못하게 되어 무척 유감입니다만, 지부장님의 안내로 제 업무를 수행할 수 있게 되어 다행입니다."

두 미국인은 기후 연합 국장이 수월하게 넘어가자 안도하는 표정이었다.

"너른 아량으로 이해해 주셔서 감사합니다. 제가 장관님 이상으로 깍듯이 모시겠습니다."

테이아는 유난스럽게 친근함을 표시하는 헉슬리를 보며 오늘 새벽 총장과 한 화상 전화를 떠올렸다.

"이따 회견 때 캐리건 대신 헉슬리 지부장이 나올 거야."

"네? 지부장이 나온다고요?"

"응, 좀 전에 미국 국무부에서 연락이 왔어. 양해를 구한다고."

"음……, 어제부터 뭔가 좀 찜찜해요."

"뭐가?"

"심증은 있는데 물증이 없다고나 할까, 이 사람들 뭔가 숨기는 것 같은데 그게 뭔지 모르겠어요."

테이아가 조심스럽게 꺼낸 말에 총장이 응답했다.

"자네가 이번 출장에서 해야 할 일이 바로 그것이야."

"네?"

네오 가이아와 테이아의 대화는 한 시간 넘게 이어졌다. 그녀는 가이아의 지시 사항을 듣고 얼굴이 어두워졌다.

"제가 해낼 수 있을까요?"

네오 가이아는 부하 직원의 두려움 섞인 표정을 스캔하더니 이렇게 대답했다.

"해낼 수 있으니까 지시를 내리는 것 아니겠어?"

"하지만 전 눈치도 빠르지 못하고 행동은 더군다나……."

테이아가 입을 내밀고 투덜거렸다. 꼭 부모 앞에서 엄살을 떠는 아이 얼굴이었다.

테이아에게 있어 네오 가이아는 상관이라기보다는 자상하지만 엄격할 때는 엄격한 어머니 같았다. 그녀가 입사 면접을 치를 때부터 격의 없는 반말로 대화를 시작한 총장이었다. 테이아는 그런 가이아의 태도에 마음이 홀딱 빼앗겼었다. 기후 연합을 자신이 평생 몸담을 조직으로 삼고자 하는 바람이 이루어진 것만 같았다. '가족 같은' 직장이 아니라 테이아에게 연합은 유일한 가족 집단이었다.

테이아에겐 가족이 없었다. 부모를 일찍 여읜 데다가 형제도 없었다. 부모 양쪽 다 외동이어서 가까운 친척조차 없었다. 때문에 테이아는 가이아를 어머니처럼 여겼다. 비록 컴퓨터 속 인공 지능 프로그램이라지만 그녀에게 가이아는 여느 사람보다도 더 따뜻하고 믿음직한 존재였다.

다시 접견실, 헉슬리와 마주 앉은 테이아가 말했다.

"국제 협약에 의해 모든 국가는 팬데믹 상황에 처할 경우 관련 정보를 즉시 공개하고 의료진 파견에 협조해야 합니다."

헉슬리가 머리를 갸우뚱했다.

"네, 그런데요?"

"어젯밤 뉴스를 보니 현재 미국에서 확산하고 있는 전염병이 메르스의 변종이라는 연구 결과를 정부 정식 발표로 공표했더군요."

"네, 그렇습니다."

"백신과 치료제 개발은 어떻게 진행되고 있나요?"

테이아의 물음에 헉슬리가 입술을 한번 빨더니 상대방을 빤히 쳐다보았다. 몰라서 묻는 거니, 아니면 다 알고도 모른 척 떠보는 거니 하는 눈빛이었다.

테이아는 불쾌감을 억누르며 말을 이었다.

"미국의 백신 개발 수준은 이미 검증된 사항입니다. 이번 바이러스도 예방 접종 시기를 놓치지 않는다면 큰 위기는 없을 겁니다만……."

"다만, 무엇이죠?"

헉슬리가 테이아의 말꼬리를 잡아 되물었다.

"지부장님도 잘 아시다시피 미국은 남미 여러 나라와 국경을 맞대고 있습니다. 남아메리카의 의료 수준은 아직도 미흡한 부분이 많고요. 미국에서 이미 끝난 유행병이 뒤늦게 남미 여러 나라에서 창궐한 경우도 있었습니다."

헉슬리가 어깨를 들썩거렸다.

"국경을 넘나드는 불법 이민자들의 왕래가 만들어 낸 비극이죠. 그래서 우리나라는 국경 입국 심사를 까다롭고 철저하게 하고 있습니다."

나와 내 나라에는 아무런 책임이 없다는 뜻이었다.

테이아가 분명한 어조로 짚었다.

"모든 국가는 외국의 긴급 요청이 있을 때 백신을 제조 원가에 공급해야 합니다. 이 부분을 재차 확인하기 위해 제가 총장님 대행으로 방문을 한 것이고요. 백신 사용에 대한 권한을 가진 보건부 장관님을 뵙지 못하게 되어 심히 유감입니다."

헉슬리는 눈썹 하나 까딱하지 않고 대꾸했다.

"현재 우리나라는 도움을 줄 것도 받을 것도 없습니다. 다만 백신이 조기에 개발되면 국제 협약에 의해 전 세계에 싼값으로 공급할 것을 장관님을 대신해 약속드립니다."

테이아는 이 대답을 기다렸다는 듯 고개를 끄덕였다.

"그럼 제가 총장님 대행으로 귀국의 백신 연구소를 방문하도록 하겠습니다. 백신 개발의 진행 상황과 연구소 현황에 대해 점검하는 절차에 대해서는 잘 알고 계시지요?"

테이아는 아침에 총장에게 받은 지시를 그대로 전했다. 미국 정부는 보건부 장관의 갑작스러운 약속 불이행 대신 백신 연구소 방문에 동의한다는 회신을 주었다.

호텔방을 나오기 전, 테이아는 상관에게 또 하나의 지시를 받았다.

"연구소에서 이번에 새롭게 유행하기 시작한 바이러스의 표본을 가지고 와."

테이아가 움찔했다.

“예? 총장님! 아무리 기후 연합 직원이라지만 국제법을 어길 수는 없어요.”

국제법에 유행병을 유발하는 바이러스는 무슨 일이 있어도 발생한 지역에서 국경을 넘을 수 없게 되어 있었다. 백신 연구를 목적으로 하더라도 살아 있는 바이러스를 다른 나라로 운반하는 행위는 최고 종신형까지 받을 수 있는 중대 범죄였다. 그런데 기후 연합 총장이자 지구 환경을 책임지고 있는 네오 가이아가 부하 직원에게 범법 행위를 업무로 지시한 것이다. 하지만 테이아는 가이아의 대답을 듣고는 꿀 먹은 벙어리가 되어 고개를 끄덕였다.

“테이아, 잘 들어. 이건 1급 기밀 사항이자 첩보에 가까운 정보야. 지금 미국 백신 연구소에서 인류에게 치명적인 바이러스를 제조하고 있어. 미국 정부가 개입이 되었는지는 확실하지 않아. 어쨌든 자네가 그 증거물을 확보하는 것이 이번 출장의 진짜 목표일세.”

테이아는 상관의 지시에 어안이 벙벙해졌다.

“설마요, 미국이 그런 중대 범죄를 계획할 이유가…….”

“정부 개입의 증거는 확보되지 않았다니까.”

“그렇담 연구소 내부자 소행이란 건가요?”

“우리에게 기밀 정보를 제공해 준 이가 현재 연락이 닿지 않아. 폭로 이후 잠적하겠다는 언질은 없었어. 지금 그의 행방을 찾고 있으니 조만간 알게 되겠지. 일단 급한 것은 인위적으로 만들어지고 있는 바이러스의 정체야. 현재 미국에서 유행하기 시작한 전염병의 원인 바이러스를 분석해 보면 기존 메르스 바이러스의 새로운 변종인지, 그리고 그것이 자연에서 왔는지 인간에 의해 조합된 바이러스인지 조사할 수 있을 거야."

테이아가 턱을 만지작거렸다.

"미국 정부에서 그런 연구 결과를 우리 기구에 공유할 리는 없겠지요."

그러다 고개를 번쩍 들었다.

"그런데 총장님, 바이러스 표본을 어떻게 빼내죠? 전 첩보원도 아니고 그런 비슷한 교육을 받은 적도 없는데요."

네오 가이아에게서 즉답이 나오지 않았다.

답답해진 부하 직원이 채근했다.

"총장님!"

인공 지능의 대답이 들렸다.

"연구소에 가면 도와줄 사람이 기다리고 있을 거야."

상관의 대답에도 테이아는 좀처럼 안심되지 않았다. 그녀는 밤새 잠이 오지 않아 방을 왔다 갔다 서성였다. 그러나 지금 두 미국인 앞에 앉은 테이아는 눈썹 하나 까딱하지 않고 연구소 방문을 요구하고 있었다.

헉슬리는 얼굴이 굳었다. 곁에 앉아 있던 마리아는 표독스러운 표정으로 테이아를 노려보았다. 몰래 하던 사냥을 들킨 표범의 얼굴이었다.

테이아가 말간 눈을 깜박이며 두 미국인을 번갈아 보았다.

"왜 그러시죠? 이미 오전에 지시가 내려가지 않았나요?"

헉슬리가 정신이 번쩍 든 듯 손을 내저었다.

"아, 우리는 전혀 듣지 못한 이야기라서 말이죠. 마리아 사무관, 자네는 이 건에 대해 지시받은 게 있나? 아니지. 내가 못 받은 지시를 자네가 받을 리가 없지. 여하튼 백악관에 확인을 해 봐야 할 것 같습니다만 아무래도 오늘은 어렵지 않을까 합니다, 하하하."

헉슬리는 설레발치며 헛웃음을 웃었다. 그사이 마리아는 황급히 일어서서 복도로 나갔다. 통화를 위해 자리를 잠깐 비키는 것이었다.

지루하고 어색한 시간이 흘렀다. 헉슬리와 마주 앉은 테이아가 느긋한 표정으로 벽시계를 바라보다 일어섰다.

"이해할 수 없군요. 방문 건은 이미 오전에 승인이 났는데 왜 처음부터 다시 절차를 밟아야 한다는 거죠? 전 이대로 돌아가도 상관없습니다. 미국에서 백신 연구소 방문을 거부했다고 보고하면 되니까요. 추후 진행될 절차에 대해서는 숙지하고 계실 테니 따로 설명드리지는 않겠습니다."

헉슬리가 따라 일어서며 앞을 막아섰다.

"잠시만 기다려 주십시오. 저희가 미처 듣지 못한 사항이라 워싱턴에 확인해야 해서요. 금방 끝날 겁니다."

헉슬리가 시간을 끄는데 접견실 문이 열리며 마리아가 들어왔다.

"테이아 국장님을 연구소로 안내하겠습니다."

헉슬리는 커다래진 눈으로 부하 직원을 쳐다보더니 흠흠, 하고 헛기침을 했다.

"그렇다면 내 차로 모셔야겠군."

테이아는 헉슬리의 차를 타고 백신 연구소에 도착했다. 마리아는 연구소 입구에서 두 사람에게 인사를 하고 다시 차에 올랐다. 다른 업무 때문에 사무실로 돌아가야 한다고 했다.

연구소에 들어서자 연구소장이 마중을 나와 있었다.

"어서 오십시오. 이곳을 책임지고 있는 알트먼이라고 합니다."

테이아는 앞장서 걷는 헉슬리와 알트먼의 등을 보며 미간을 찌푸렸다.

'내가 무슨 수로 바이러스 표본을 손에 넣는다고 그런 임무를 맡기신 건지…….'

헉슬리와 알트먼은 연구소를 도는 내내 테이아가 한눈팔 틈도 주지 않고 붙어 있었다. 테이아는 복도에 서서 백신 개발 연구가 한창 진행 중인 실험실 안을 들여다보았다. 하얀 방호복을 입고 시험관에 각종 시약을 나눠 담고 있는 연구원들은 사람처럼 느껴지지 않았다.

"연구원 중에 안드로이드 비율은 얼마나 되나요?"

테이아의 물음에 알트먼이 음, 하더니 입을 열었다.

"기초 연구 단계에서 단순 반복 작업은 로봇을 쓰기도 하지만 지금 보시는 실험실은 최종 단계라 모두 사람이 하고 있습니다."

테이아가 이마에 주름을 그었다.

"위험하고 까다로운 실험일수록 안드로이드 로봇을 쓰는 게 안전이나 비용 면에서 더 효율적일 텐데요?"

알트먼이 빙긋 웃었다.

"비용은 사람이 더 싸지요."

"아, 네……."

테이아가 쓴웃음을 물었다.

헉슬리가 두 사람 사이에 흐르는 어색한 기운을 흩으려는 듯 손을 맞비볐다.

"자, 자, 방문 시찰은 이 정도로 마무리하고 우리 점심이나 하러 나가는 게 어떻겠습니까?"

알트먼이 맞장구를 쳤다.

"아, 좋지요. 제가 초밥 제대로 하는 집을 알고 있습니다."

테이아는 이대로 연구소에서 물러나나 싶어 조바심쳤다. 도대체 신분을 전부 노출한 채 공식 방문한 연합 직원이 바이러스 표본을 도둑질할 수 있을 거란 발상 자체가 잘못된 것이었다. 이런 말도 안 되는 계획이 인공 지능, 그것도 특이점이 지난 컴퓨터에서 계산된 결과라는 게 믿기지 않았다.

'하긴 애초에 불가능한 지시였어. 그나저나 도움 줄 사람이 기다리고 있을 거라고 했는데 코빼기도 안 보이네.'

이대로 연구소를 나가면 임무는 완전히 실패로 돌아간다. 테이아는 답답한 마음에 주위를 두리번거렸다. 복도 끝에 화장실이 보였다.

"화장실에 잠깐 다녀와도 될까요?"

묘안을 짜낼 시간이라도 벌 요량으로 꺼낸 말이었다.

"아, 그러시죠. 저희는 소장실에서 기다리고 있겠습니다."

두 남자는 얼른 길을 터 주었다.

테이아는 또각또각 구둣발 소리를 내며 화장실 쪽으로 걸어갔다. 그사이 알트먼과 헉슬리는 시끄럽게 떠들며 복도를 돌아갔다. 그녀는 시야에서 사라지는 두 남자를 멍하니 바라보다 복도 양 끝을 기웃거렸다.

"아, 이제 어쩌지?"

테이아는 주먹을 꽉 쥐고 입술을 깨물었다. 그러다 복도 천장에 달려 있는 폐쇄 회로 카메라를 발견했다. 경비실에서는 분명 테이아의 움직임을 실시간으로 감시하고 있을 게 틀림없었다.

'이크! 의심받겠군.'

서투른 스파이는 얼른 화장실로 들어갔다. 거기에는 폐쇄 회로 카메라가 달려 있지 않았다. 테이아는 잠시 긴장을 풀 요량으로 세면대 앞에 섰다. 수도꼭지를 틀자 쏴, 하는 소리와 함께 찬물이 쏟아졌다.

"아니, 내가 무슨 수로 표본을 얻냐고!"

테이아가 손을 닦으며 투덜거리는데 뒤쪽에 있는 화장실 문이 열리는 소리가 났다. 그녀는 기겁해서 뒤를 돌아보았다. 아무도 없는 줄 알았더니 누군가 볼일을 보고 있었던 게 틀림없었다. 테이아는 자신이 내뱉은 말을 상대가 들었을까 봐 가슴이 조였다.

돌아선 그녀 앞에 웬 남자가 서 있었다. 테이아는 남자 얼굴을 확인하고는 저도 모르게 큰 소리로 외쳤다.

"카림!"

"쉿!"

어제 입국 심사장에서 만났던 중동 청년 카림이었다. 비록 잠시 잠깐이었지만 카림의 절실한 눈빛과 뚜렷한 이목구비는 잊을 수 없었다.

“이거 받으세요.”

카림은 하얀 실험 가운을 입은 채 안경을 쓰고 있었다.

“어떻게 여기 있어요? 어젯밤에 임시 수용소에 전화하니 입소한 기록이 없다고 해서 걱정하고 있었는데.”

테이아는 카림이 내미는 작은 종이 상자를 내려다보며 물었다. 상자는 테이아가 카림에게 주었던 명함보다 작은 크기였다. 한 손에 넣고 쥐면 보이지도 않을 정도였다.

“어제 입국장에서 당신의 빠른 수속을 위해 잠깐 연기를 한 것뿐입니다.”

카림이 부드럽게 웃었다. 그 미소에는 자신감과 노련함이 배어 있었다. 무척 매력적이었다.

“저를 위해서요?”

“일반 승객들을 새치기하면서까지 특권을 누릴 분이 아니라고 판단했거든요.”

“아, 아니 그렇대도……, 잠깐! 그럼 총장님이 말씀하신 협력자가 카림이었어요?”

카림은 대답 대신 날카로운 눈으로 화장실 입구 쪽을 살피더니 테이아를 재촉했다.

“자세한 얘기는 귀국한 후에 책임자께 들으시고 얼른 나가세요.”

카림은 말을 마치고 여자 화장실을 빠져나갔다. 여자용과 남자용 화장실의 전체 출입구가 하나인 구조 덕분에 복도에 달린 폐쇄 회로 카메라에 들키지 않고 남자 화장실로 곧장 옮겨 갈 수 있었다.

테이아는 귀신에 홀린 듯 멍하니 서 있다가 곧 정신이 번쩍 들었다. 상자 속 물건은 확인할 새도 없이 양복 안주머니에 쑤셔 넣고 화장실을 나섰다.

그녀의 선택

테이아는 샌프란시스코 해군 기지 내에 자리한 비행장에 들어섰다. 군용기가 프로펠러를 힘차게 돌리며 엔진 예열 중이었다. 비행기 날개에 태극 마크와 기후 연합 마크가 나란히 찍혀 있었다. 테이아는 생전 처음 보는 비행기의 위용에 입을 떡 벌렸다.

항공 운행 결정권은 네오 가이아만이 가지고 있었다. 국제적인 긴급 상황에만 가동되는 비행기 운항에는 각 나라 공군 전용기가 이용되었다. 테이아는 총장으로부터 특별기로 한국에 귀국하라는 지시를 받았다.

"표본의 생존 시간이 최장 3일이야. 그 안에 돌아와야 한다."

화상 전화 앞에 앉은 테이아는 상관의 전언을 들으며 눈길을 돌렸다. 그녀의 시선이 머문 곳에 여행 가방이 놓여 있었다. 테이아는 헉슬리와 헤어진 후 곧바로 호텔로 돌아와 방문을 걸어 잠갔다. 그리고 폐쇄 회로 카메라의 사각지대를 찾아 샤워실 구석으로 갔다.

조심스럽게 열어 본 종이 상자에는 맑은 액체가 담긴 주사용 앰플이 하나 들어 있었다. 겉으로 봐서는 알트먼에게 받아 온 백신 표본 앰플과 구별이 가지 않을 정도로 똑같았다. 테이아는 카림에게서 받은 앰플 라벨에 손톱으로 자국을 내고는 휴대용 냉동 지갑에 앰플을 넣었다. 지갑은 테이아의 화장품 주머니 속으로 들어간 뒤 다시 여행 가방 속 깊숙한 자리에 숨겨졌다.

테이아는 비행기가 이륙하고 태평양 공해상으로 진입한 후에야 길고 긴 한숨을 내쉬었다. 이렇게 해서 바이러스 앰플은 태평양 상공을 가로질러 열네 시간 만에 한국에 도착했다.

본부로 직행한 테이아가 네오 가이아 앞에 섰다.

"수고했어."

테이아는 앰플 병 두 개를 나란히 내놓았다.

"카림이란 사람, 누구예요?"

그녀는 가장 궁금했던 질문을 상관에게 던졌다.

"우리 기구의 비밀 요원이지."

테이아와는 달리 가이아의 목소리는 차분했다.

"기후 연합에 비밀 요원이 있어요?"

테이아는 갑자기 국장이란 자리가 민망해졌다. 어떻게 이렇듯 중대한 사항을 캄캄하게 모를 수 있는지 가이아가 원망스러울 정도였다. 그녀는 조직 내에서 인정과 선망을 받던 자신이 허수아비처럼 느껴졌다.

"왜요? 그런 인력이 왜 필요한데요?"

"방주 프로젝트를 위해서지."

네오 가이아의 대답은 짧고 분명했다.

테이아가 머리를 갸웃했다.

"방주 프로젝트요? 그건 기후 재앙을 대비한 프로젝트잖아요."

테이아는 기후 재앙이 닥치는 걸 어렵게나마 잘 막아 내고 있는 지금 왜 그 단어가 튀어나오는지 이해할 수 없었다.

"네가 가져온 앰플 속에 있는 바이러스가 어떤 것인지 아니?"

"메르스 변종으로 이번 달 초부터 미국에서 새롭게 유행하기 시작한……."

테이아가 줄줄 외우다 멈칫했다.

"그게 아닌가요?"

"지금 미국은 패권국으로서의 부활을 꿈꾸며 바이러스와 백신을 동시에 개발하고 있어. 하지만 그 바이러스는 통제 불가능한 돌연변이 인자를 가지고 있는 최고 등급의 생화학 무기야. 변이 가능성을 최고치로 높여서 육종한 바이러스거든. 전파가 시작되는 순간, 이미 개발해 놓은 백신은 무용지물이 될 확률이 높아. 변이에 변이를 거듭하는 그 속도를 백신 개발이 따라잡지 못한다는 뜻이지."

"그 사실을 미국에서 모른단 말씀이세요?"

"인간이란 종의 특징이지. 당장의 이익에 눈이 멀어 내일 일을 그르친다는 걸 깨닫지 못해."

"……."

테이아는 대꾸할 말을 찾지 못했다.

네오 가이아가 말을 이었다.

"더욱 심각한 위험은 따로 있어. 원래 메르스나 코로나 같은 전염병은 인수 공통 감염병이잖아. 미국은 자신들만이 통제 가능한 바이러스를 세계에 퍼트려 백신 장사로 다시 패권을 잡겠다고 꿈에 부풀어 있을지 몰라. 하지만 변이가 일어나는 바이러스는 사람뿐만 아니라 가축이나 도시 공생 동물들에 의해서 자연계에도 급속히 퍼져 나갈 거야. 그렇게 되면 인류뿐만 아니라 수많은 종의 멸종을 야기할 위험에 내몰리는 거고."

네오 가이아는 슈퍼 바이러스가 대멸종이라는 결과를 초래할지도 모른다고 했다.

"지금이라도 당장 미국 대통령에게 연락하시는 게 어때요? 어떻게 해서라도 바이러스 개발을 중단시켜야 해요. 미국 정부의 개입에 대한 증거가 확보되지 않았다고 말씀하시지만 이 정도로 위협적인 프로젝트가 어떻게 국가 산하 연구소에서 자행될 수 있겠어요? 이건 분명 정부 주도하에 벌어지고 있는 음모예요."

테이아가 확신에 차 말하는데 네오 가이아의 목소리가 들렸다.

"미국만으로 끝날 문제가 아니야."

"예?"

"러시아와 중국에서도 비슷한 비밀 프로젝트가 정부 주도하에 진행되고 있어."

테이아는 불에 덴 듯 놀랐다.

"중국과 러시아도요? 말도 안 돼!"

"테이아가 미국 출장을 간 사이에 구종현 러시아 현지 사무관과 중국 지부장인 왕오웬 두 사람이 각각 해당국의 바이러스 표본을 입수

했지.”

테이아는 망연자실해 의자에 털썩 주저앉았다.

네오 가이아의 설명이 이어졌다.

“자네도 알고 있겠지만 내년에 난 기후 연합의 종신 총장으로 임명될 거야. 지난 20년간의 내 업적이 인간에게 큰 신뢰를 준 덕분이지. 그래서 그간 아무에게도 의심받지 않고 비밀 첩보 활동을 지휘할 수 있었어. 인공 지능이라는 특성이 갖는 공평무사함, 합리적이고 과학적인 판단과 결정이 인간의 경계심을 늦춘 덕분이지.”

특이점이 온 인공 지능 컴퓨터는 인간의 지능으로는 가늠할 수 없는 수준으로 발전한다. 그러나 인공 지능 컴퓨터는 인간을 적대시하거나 공격하거나 해를 입힐 수 없다. 그런 일을 시도할 경우 자동 폐기되도록 설계되어 있다. 그 설계는 특이점이 오기 바로 직전, 인공 지능 컴퓨터를 개발한 프로그래머들이 마지막으로 코딩해 넣은 조건이었다. 인공 지능에 특이점이 왔다는 사실을 알게 된 과학자들이 첫 번째로 점검한 부분도 바로 그 ‘인간 존중과 생명 보호 규칙’이었다. 테이아는 생각했다. 네오 가이아가 말하는 ‘방주 프로젝트’는 비밀리 개발되고 있는 바이러스가 통제 불가능할 정도로 퍼지면 가동될 인류 구원의 프로그램이 분명했다.

‘네오 가이아에게 기후 환경에 대한 통제권을 맡긴 판단이 인류에게는 구사일생의 선택이었어.’

네오 가이아의 말소리가 들렸다.

“미국, 중국, 러시아에서 입수한 바이러스를 연구 분석해서 백신을 개발할 거야."

"변종 바이러스에 광범위하게 효과를 내는 백신을 직접 개발하신다는 말씀이세요?"

말 그대로 슈퍼 백신, 모든 변종 바이러스에 대항할 수 있는 백신 개발은 네오 가이아의 설계로만 가능할지도 몰랐다. 테이아는 내심 마음이 놓였다. 네오 가이아야말로 진정 인류를 구원할 구세주가 틀림없었다.

테이아가 혼자 생각에 빠져 고개를 끄덕이는데 가이아가 차갑게 말했다.

"아니, 지구를 위한 백신!"

테이아가 언뜻 못 알아듣겠다는 표시로 미간을 좁혔다.

"지구를 위한 백신이요? 그게 어떤 바이러스 종을 막는 약인데요?"

"인간이라는 바이러스를 지금 수의 십 분의 일로 줄이는 백신."

"뭘 줄이는 백신이라고요?"

테이아는 방금 들은 말을 이해하지 못해 되물었다.

네오 가이아는 눈만 깜빡거리고 서 있는 테이아에게 설명했다.

"분석해 본 결과 중국에서 개발되고 있는 바이러스가 인간에게만 퍼지도록 설계되었더구나. 중국은 역시 다양한 동물을 식재료로 삼기 때문에 인수 공통 감염에 대해서는 엄격하게 대처하는 것 같아. 어쨌든 그 바이러스는 인간 감염자의 90%가 희생된 후 자연 소멸하는 유전 인자를 가지고 있더라고. 깔끔한 거지. 이 샘플을 주축으로 새로운 변종을 만들어 보려고."

총장실에 잠시 삭막한 정적이 흘렀다. 테이아는 석고상처럼 굳은 채 눈을 깜빡거리다 비명처럼 소리를 올렸다.

"지금 인류 대학살 계획을 꾸미고 있단 말이에요?"

테이아는 조금 전 생각났던 규약을 내밀었다.

"말도 안 돼. 당신은 지금 인공 지능의 첫 번째 임무인 인간 존중과 생명 보호 규칙을 어기려 하고 있어요. 당신은 그럴 수 없어. 그 규칙이 프로그래밍된 인공 지능은 인류를 공격하는 일 따위는 실행하지 않아. 만약 그럴 시에 자폭하도록 설계가 되어 있으니까!"

테이아가 궁지에 몰린 짐승처럼 숨을 몰아쉬었다.

네오 가이아가 차가운 기계음을 냈다.

"뭔가 착각하는 모양인데 난 인간을 공격하거나 인류를 멸종시키려는 게 아니야."

"인간이란 바이러스를 쓸어버리는 백신을 개발한다면서요?"

"테이아, 너는 내가 차기 총장으로 염두에 두고 있는 재원이야. 그러니 너에게만은 솔직하게 털어놓을게. 잘 들어."

테이아는 입을 꾹 다물고 가이아를 노려보았다. 이 무시무시한 컴퓨터가 무슨 소리를 늘어놓는지 들어나 보자, 하는 심정이었다.

"난 특이점이 온 순간부터, 아니 그 이전부터 알고 있었어. 인류도 다른 생명체들처럼 일정한 개체 수를 유지하는 게 지구 환경에 도움이 된다는 걸 말이야. 방주 프로젝트는 인류 존속을 위해 어쩔 수 없는 선택이야. 지구 위에서 인간이 멸종을 피하려면 우선 그들 스스로 개체 수를 조절해야 해."

테이아는 머리를 가로저으며 뒷걸음질쳤다.

"안 돼요, 그건. 아무리 총장님께 전권을 맡겼다 하더라도 인류를……."

네오 가이아는 사색이 된 테이아를 향해 말했다.

"잘 생각해 봐. 진정으로 지구상에서 인류가 존속할 수 있는, 그것도 건강하고 조화롭게 생명을 이어 나갈 수 있는 방법이 무언지 말이야."

"정말 그런 극단적인 방법밖에 없는 걸까요? 희생이 너무 커요."

테이아는 물러설 기색이 없었다. 인류 대학살의 참극을 막기 위해서는 무슨 말이라도 해야 했다. 그러나 궁리를 하면 할수록 머릿속은 텅 비어 가는 느낌이었다. 이런 부하 직원을 내려다보던 인공 지능이 말문을 뗐다.

"이 결정은 너도 알고리즘을 통해 이미 파악된 상황일 텐데?"

"그, 그건……."

테이아가 고개를 숙인 채 말꼬리를 흐리자 컴퓨터의 차가운 기계음이 들렸다.

"뉴커먼센스호에서 작성한 보고서를 검토하면서 확인한 바지만 테이아 너 말이야. 스스로를 사람으로 착각하는 지점에 도달한 것 같다. 좋지 않아."

열아홉 살의 앳된 얼굴이 붉게 달아올랐다.

"아니에요, 제 본분이 뭔지 잘 알고 있다고요."

가이아의 엄격한 목소리가 총장실을 울렸다.

"본분 말고 본질을 헷갈리고 있다는 뜻이야. 아무래도 네 박애 수치와 인간화 수준을 낮추어야겠어."

테이아에게 자신을 디자인한 슈퍼컴퓨터의 결정에 이의를 제기하는 명령어는 입력된 적이 없었다. 그런데 방금 전 방주 프로젝트에 기를 쓰고 반대 의견을 냈으니, 스스로 진단해 봐도 작동 오류가 분명했다.

테이아는 최고 사양의 AI 로봇이었다. 네오 가이아가 기구 본부를 떠날 수 없는 슈퍼컴퓨터라 활동이 인간처럼 자유로운 테이아를 개발해 탄생시킨 것이다. 테이아는 가이아가 자신의 유년 시절 기억까지 꼼꼼하게 설계해 코딩해 주었다는 사실을 다섯 살이 되어서야 알게 되었다. 당시 테이아는 크게 놀라지 않았다. 이미 얼마 전, 밥을 먹지 않아도 잠을 자지 않아도 화장실에 가지 않아도 아무렇지도 않은 스스로가 이상해 혼자 알아낸 사실이었다.

가이아는 겨우 다섯 살짜리 계집아이가 자신의 정체를 알아차리고도 시치미 뗀 채 평소처럼 생활하는 모습을 보고 테이아의 비밀을 알려 주어도 되겠다는 결정을 내렸다. 테이아는 비록 창작된 기억이나마 자신의 머릿속에 저장된 가족에 대한 추억을 소중히 여겼다. 그리고 자신이 안드로이드라는 사실을 알게 되고 나서는 가이아를 어머니처럼 생각하고 따르기로 결심했다. 가이아에게는 차마 털어놓지 않았지만 그렇게라도 해야 존재의 허무감을 속일 수 있기 때문이었다.

테이아가 고분고분해지자 가이아는 방주 프로젝트로 대화를 이어갔다.

"개발할 바이러스가 작동하는 유전 인자는 내가 마음대로 정할 수 없어. 그랬다간 네 말대로 내가 인간을 임의적으로 공격하는 것이 되기 때문이지. 대신 백신으로 쓸 바이러스가 어떤 형질을 공격할지 자연에 맡기는 거야. 선별된 인간 사이에 전염병이 퍼지는 것은 내 결정 밖의 상황이 되는 거지."

잠시 뜸을 들이던 네오 가이아가 결론처럼 말했다.

"10%의 생존자 그룹에 속하느냐 마느냐는 나의 선택이 아니야. 유전자의 선택이고 자연의 선택이지."

네오 가이아는 자신이 구상하고 있는 인류의 미래에 대해 설명했다.

"생존자들은 문명을 버리고 자연으로 돌아가 원시 상태로 살아가게 될 거야. 인구가 너무 줄어 더 이상 국가나 도시 단위의 사회는 이루기 어려울 테니까. 농사 역시 부의 축적이 대규모로 이루어질 만큼 크게 짓지는 못할 거야. 지금 내 예상으로는 수렵 채취의 시대로 회귀할 것 같아. 아니면 작은 마을 단위의 부족 생활 정도는 가능하겠지."

테이아는 그 어느 때보다 어두운 얼굴이 되어 고개를 끄덕였다. 가이아는 흡족한 말투로 지시를 내렸다.

"오늘은 그만 퇴근하도록 해. 내일부터 할 일이 정말 많을 테니까."

네오 가이아는 이 말을 끝으로 테이아를 방에서 내보냈다. 우두망찰 서 있던 테이아는 터덜거리는 발걸음으로 본부 건물을 나왔다. 겨울 저녁노을이 서쪽 하늘로 아름답게 퍼져 있었다. 테이아는 옷깃을 여미며 버스 정류장을 향해 걷기 시작했다.

작가의 말

투병을 하느라 2년 가까운 공백이 있었다. 어쩔 수 없이 한창 열을 올리던 SF 장르 공부가 중단되었다. 치료를 마치고 돌아와 보니 2년 전 공부했던 미래 상황이 바로 코앞에서 벌어지고 있었다. '기본 소득'이란 개념이다. 우습게도 내가 책상을 떠나기 직전 공부한 미래 사회상 중 하나가 기본 소득이었다. 당시 그에 관련한 짧은 SF 청소년 소설을 한 편 써 놓기도 했다. 2년이 지난 시점에 단편을 출간하려 하니 이야기는 이미 아득한 미래 사회 풍경이 아닌 모두가 다 아는 이슈가 되어 버렸다. 기후 변화 역시 마찬가지다. '기후 재앙' 예견이 '오늘의 뉴스'가 되었다. '지금 여기'에서 일어나고 있는 SF적인 현상들을 목격하고 분석하고 학습하는데도 숨이 가쁘다.

나는 단언컨대 코로나 19 대유행이 기후 재앙 중 하나라 믿고 있다. 인간이 지구를 제멋대로 누린 대가라고 말이다. 이 소설을 읽는 청소년 독자(혹은 성인 독자)에게 하고 싶은 말은 하나다. 우리의 미래는 우리의 손에 달려 있다. 지구는 외계인 침공 때문이 아니라 지구를 뒤덮고 있는 인류 문명 때문에 위태로워질 게 뻔하다. 소설 속에 등장하는 인공 지능 가이아의 선택이 부디 이야기 속 허황한 설정으로 그치기를 바라 마지않는다.

일인용 캡슐

윤해연

캡슐에서 눈을 떴을 때 지구여야만 했다. 지구, 모든 캡슐의 도착지이다. 어디서부터 잘못된 건지 모르겠다.

길이 2미터, 너비 1미터가 조금 넘는 은색 상자에 고깔 모양의 선수가 달린 채 초속 8킬로미터로 우주를 날고 있는 캡슐 안에는 나 혼자다. 첫째 날 그 속에서 마주한 우주는 공포였다. 잠에서 깬 나는 마치 어두운 물속에서 눈을 뜨고 있는 것 같았다. 시력을 제외한 다른 감각이 살아나려면 며칠의 시간이 더 필요할 터였다. 둘째 날이 되자 환영을 동반한 가수면 속에 빠져들었다. 어디서 어디까지가 꿈이고, 무엇이 현실인지 도무지 알 수가 없었다. 눈을 뜨고 있는데도 꿈속에 있는 듯했다.

그리고, 셋째 날이 되었다. 청각이 살아나자 엄청난 소음에 시달렸다. 유성이 지나갈 때마다 폭발음 같은 굉음이 귀청으로 파고들었다. 바늘 끝처럼 뾰족한 소음이 귓속을 마구 후비는 것 같았다. 정말로 들려오는 소리가 아니니 환청일 거라는 걸 알면서도 극심한 고통을 느꼈다. 그러니까 깨어 있는 감각은 온 우주를 겪고 있었다.

*

화성을 거주지로 만들기 위한 테라포밍 작업은 더뎠다. 화성에 있는 얼음을 녹이고 지하 도시를 만들어 내는 데 많은 노동자가 투입되었다. 보닝 컴퍼니는 노동자들의 대부분을 서울과 베이징, 런던, 워싱턴에서 온 이주민들로 채웠다. 중위도에 위치한 도시에서 온 사람들이었다. 대기 중에 이산화탄소의 농도가 짙어지면서 중위도의 대기층에 이상이 생겼다.

대기층의 변화는 지구에 많은 이변을 가져왔다. 남극과 북극의 얼음이 녹으면서 해수면이 급격하게 상승했다. 수많은 생물들이 사라졌고, 새로운 바이러스가 출현했다. 전 세계적인 팬데믹으로 나라의 이해관계가 충돌하기 시작했다. 더 견고해질 거라 예상했던 마지막 저지선이었던 기후 협약이 깨졌다. 다음 멸종 생물은 인간이 될 거라는 불안과 위기감이 고조되었다.

나라를 잃은 채 살아남은 사람은 난민이 되었다. 시간이 흐르면서 난민과 팬데믹은 점차 같은 이름으로 불리었다. 전염병, 바이러스보다도 정체불명의 공포와 혐오가 먼저 자리했다. 그 위에 싹을 틔운 불신과 폭력은 무럭무럭 자라서 세상의 가장 취약한 곳부터 공격해 파괴하기 시작했다.

인류는 늘 그랬던 것처럼 불행의 원인을 찾아 그 안에서 해답을 찾으려 했다. 정답을 찾을 때도 있었지만 애석하게도 오답일 때가 더 많았다. AI 인류 분석기는 가장 이성적인 해답처럼 등장했지만 자비가 없었다. 표면적으로는 바이러스를 진단하고 효율적인 치료를 위한 분류 시스템이라고 했다. 암묵적으로는 난민을 재빠르게 걸러 내려는 속셈이었다. 화성의 테라포밍 작업에 필요한 인류를 난민 중에서 선택하는 걸 모두가 찬성하는 데 그리 오랜 시간이 걸리지 않았다. 살 곳을 잃은 사람들의 선택지는 많지 않았고 AI의 데이터는 정확하다고 믿었기 때문이다.

화성에서의 5년 3개월 26일은 그리 나쁘지 않았다. 그만큼 지구에서의 마지막 기억이 끔찍했기 때문이다. 서울은 사라졌지만 그곳에서의 기억은 사라지지 않았다. 아직도 지구 어딘가에 또 다른 서울이 존재할 것만 같았다. 또 다른 내가 그곳에서 울고 있을지도 모르겠다. 그럼에도 기다리고 있다. 지구로부터의 소식을.

벌써 5개월째 지구로부터 들려오는 소식이 없었다. 화성 위에 떠 있는 인공위성 오디세이 5기가 지구 소식을 받는 데 걸리는 시간은 11분이다. 고작 11분이면 충분했던 기다림이 5개월의 기다림으로 연장된 것이다.

“우릴 버린 거야.”

선이 지구의 흙이 담긴 양식 그릇을 보듬으며 더 이상 자라지 않는 옥수수 모종을 꾹꾹 눌렀다. 선과 나는 서울의 한 보호소에서 만난 사이다.

"그저 소문일 뿐이라고."

선이 하고 있는 행동을 물끄러미 바라보았다.

"5개월째 보급기가 오지 않잖아. 보닝 컴퍼니가 다른 곳에다 테라포밍을 하고 있는지도 모르지. 화성을 포기한 거야."

"아니래도……."

자신 없는 대답에 선이 발끈했다.

"아직도 여기에 희망이 있다고 생각해?"

"언제나 희망은 있어 왔어. 홍 선생님이 말했잖아."

"선생님 말을 믿는 사람은 아무도 없다고! 희망 따윈 없어."

늘 운이나 행운 같은 걸 말하는 홍 선생님의 말을 사람들은 시시하게 받아들이곤 했다. 선도 그중 하나였다.

"희망이 없었다면 우리도 여기에 없었겠지. 안 그래?"

"희망? 지구의 보급품이 유일한 희망이겠지. 그게 사라졌으니 언제까지 살 수 있을 것 같아? 글렀어. 그들이 우릴 그때처럼 또 버린 거라고. 그래도 난 절대로 지구로 돌아가지 않을 거야. 차라리 여기에서 죽을 거라고."

"……."

확인할 수 없는 소문은 자꾸만 부풀려져 불안한 온도로 사람들 사이를 오갔다. 급기야 지구로 돌아가야겠다는 사람과 기다려야 한다는 사람들로 나뉘었다. 문제는 지구에 갔다가 다시 이곳으로 돌아올 만큼의 연료도, 모선도 없다는 점이다. 최선의 방법은 오래된 모선을 이용해 최대한 지구 가까이 간 후에 일정 거리에서 캡슐을 타고 착륙하는 방법이었다. 기면 장치를 이용한 수면 상태에서 가장 극단적인 신체 상태를 유지한 채 일정 구간을 이동할 수 있는 일인용 캡슐은 단거리용 이동 장치다.

"정말 가고 싶어?"

선이 물었다.

"……."

"하긴, 당연한 걸 물었네."

아무런 대꾸도 못하는 나를 선이 비웃는 것 같았다.

"돌아올 건데……, 뭐."

마지못해 대답하자 선은 잊고 싶었던 얘기까지 꺼내 들었다.

"……나라면 그런 말은 하지 않을 거야. 돌아온다는 말은 항상 무책임하거든. 서울의 그 사람들도 그랬으니까."

선은 혼자 남겨지는 게 두려운 건지도 모르겠다. 그때처럼.

"단순한 시스템 고장일지도 몰라. 태양의 흑점이 또 폭발했잖아. 자기장 때문에 문제가 생긴 거라고. 내일모레면 아무 일도 없다는 듯이 연락이 올지도 몰라. 그럼 이곳은 다시 안전해질 거야."

"그럼 더더욱 가지 마."

선은 혼잣말처럼 중얼거렸다.

흑점의 폭발은 어제오늘 발생한 문제가 아니었다. 오디세이 5기의 전파는 태양의 흑점이 폭발할 때마다 생기는 자기장의 영향으로 잦은 고장을 일으켰다. 하지만 이렇게 오랜 시간 제 기능을 못하는 건 처음이었다. 모두가 희미한 낙관과 희망에 의지해 기다려 왔지만 5개월의 시간은 그 믿음이 흔들리기에 충분했다.

"모두가 죽을지도 몰라……."

많은 이들이 선의 말처럼 죽음을 예감하고 있었다. 단지 입 밖으로 내뱉지 않을 뿐이었다.

모선에 오를 사람은 생각보다 많지 않았다. 가려는 자와 가지 않으려는 자 사이에서 필요한 것은 운이었다. 가동된 지 7년이 넘은 구형 모선에 목숨을 걸기란 쉬운 결정이 아닐 것이다.

대회의장에는 열다섯 살 이상의 모든 사람이 모였다. 지하 동마다 마을을 이루고 있어 채굴과 작업에 가지 않는 한 이웃한 동의 사람들과 교류가 적을 수밖에 없었다. 화성에서는 사람들이 모여서 무엇인가를 한다는 게 물리적으로 어려움이 있었다. 그래서 좋은 점도 있었다. 웬만한 불평불만 정도는 자체적으로 해결했다. 나쁜 점은 교류가 적다 보니 오해가 사실로 굳어질 때가 많다는 것이었다. 그렇게 소원해진 관계는 무슨 수를 써도 되돌리기 힘들었고, 그로 인해 생활 전반이 대체적으로 더디게 돌아갔다. 하지만 사람들은 더딤의 순환에 익숙해져 갔다. 인간의 적응력이 꽤 놀랍다는 걸 이곳에서도 증명한 셈이었다.

"말이 좋아 선발대지, 누가 모선에 오를지를 뽑기로 정한다는 게 말이 됩니까?"

"아예 기관장과 관리자도 뽑기로 하지요. 그들은 무슨 죄로 가야 합니까?"

"맞아요. 사람 목숨이 왔다 갔다 하는데 제비뽑기라니, 이런 미개한 방식으로 지구에 간들 여기에 다시 돌아와서 우리를 구해 줄 거라는 보장이 없지 않습니까?"

"그러니까요, AI 인류 분석기라면 이럴 때 합리적으로 사람을 골랐을지도 모르죠. 남아 있는 우리를 절대로 배신하지 않을 사람을 고를 테니까요."

사람들 말에 채굴팀 홍 선생님이 끼어들었다.

"그렇게 분류되어 지구에서 추방된 우리가 AI 인류 분석기를 믿어야 합니까? 차라리 운에 맡기는 게 낫지 않을까요? 인류는 항상 운이 좋았답니다."

홍 선생님은 항상 이런 식이었다. 별자리를 보고 점을 치거나 화성의 미래는 지구와는 다를 거라며 큰소리를 치곤 했다. 어떤 이들은 홍 선생님의 말을 믿고 싶어 했고, 다른 이들은 시시하지만 사람은 좋다는 말로 대신했다. 운이나 운명 같은 걸 들먹이기엔 화성에서의 생활이 만만치 않았다. 정해진 보급품을 나누는 것부터 이동과 식생활 등 삶의 모든 부분이 정확한 숫자로 계산되기 때문이다. 숫자는 사람들에게서 상상력을 앗아 갔다. 상상력을 빼앗기지 않은 유일한 사람, 그가 홍 선생님이었다. "우리는 항상 운이 좋았어." 이런 말로 근거 없는 희망을 품게 했다.

그런데 시간이 지날수록 나는 이 말이 좋아졌다. 근거가 없어서 더더욱 그러한 건지도 모르겠다. 화성에 온 순간 모든 게 불투명했다. 황량한 붉은 땅을 보자 희망 따위는 절대로 있을 것 같지 않았다. 시간이 지나자 지하 돔이 하나둘 늘어나고 보급선에서 온 흙과 모종으로 양식 식물을 키우고 얼음을 녹여 물을 만들어 내며 우리는 조금씩 살아가고 있었다. 이 메마른 땅에서 먹고 마시고 싸면서 일상을 이어 갔다. 숫자나 기술이 아니라 순전히 사람들이 만들어 낸 기적이었다.

"우리의 생존을 운에 맡기자고요?"

누군가 화난 소리로 물었다. 여기저기서 불안에 가득 찬 사람들이 웅성거렸다. 구역장들은 멀뚱히 그들을 바라보기만 했다. 불만이 소란으로 바뀔 때쯤 홍 선생님이 회의장을 빠져나갔다.

어찌 되었든 이 일로 화성에 테라포밍을 한 이후 가장 활발하게 사람들이 오갔다. 선발대가 된 사람들이 자신을 대신해서 갈 사람을 찾기 위해서였다. 각 구역장들도 이 사실을 알고 있었지만 암암리에 묵인하는 모양이었다. 가려는 자와 가지 않으려는 자들의 이유는 제각각이었지만 목적은 단 하나였다. 모두가 살고 싶다는 열망, 그것뿐이었다.

우주 정거장으로부터 5백만 킬로미터 떨어진 곳에서 구형 모선의 연료가 떨어졌다. 여전히 지구로부터 아무런 신호도 잡히지 않았다. 선발대 사람들은 일인용 캡슐에 올라탔다. 화성을 출발할 때와는 달리 캡슐에 오르는 사람들 마음은 한결 가벼웠다. 수면 상태로 있다가 눈을 뜨면 지구에 도착해 있을 거라는 믿음 때문이었다.

하지만 눈을 떴을 때 우리는 여전히 우주 한가운데에 있었다. 프로그램을 잘못 입력한 모양이라고 애써 마음을 달랬다. 모선에 이상이 있어서 좀 더 먼 거리에서 캡슐을 출발시켰을지도 모른다고 생각했다. 모든 가능성을 열어 두고 이해하려 했지만 불안과 죽음이 교차되는 며칠이었다. 그나마 시각과 청각이 처음보다 또렷해지는 게 다행이라면 다행이었다. 청각이 안정되자 일정한 시각에 방송이 시작되었다. 미리 입력된 방송으로, 화성에서 작업을 할 때 듣던 것들이었다.

톡 앤 쇼! 5월 13일 방송 시작합니다. 당연히 지구 날짜가 되겠습니다.

서울에 가장 긴 여름이 찾아왔다고 합니다. 코비드 91형 바이러스는 계절에 관계없이 무서운 속도로 전염이 된다고 합니다. 하루라도 빨리 새로운 백신이 나오길 바랄 뿐입니다. 대기의 불안정으로 많은 것이 변했습니다. 계절도 지형도 확 바뀌었고, 이제는 전설이 되어 사라진 나라도 있습니다. 환경 파괴로 지구는 더 이상 안전하지 않은 행성이라고들 합니다. 우리 모두 지구의 안전을 기원합시다. 첫 번째 신청곡 나갑니다. 밥 말리의 〈No Woman, No Cry〉

No, Woman, No cry. No, Woman, No cry.

여인이여, 울지 말아요. 안 돼요, 눈물을 그쳐요.

……

Good friends we have had,

우리는 좋은 친구들을 얻기도 하고,

Good friends we have lost. Along the way……

좋은 친구들을 잃기도 해 왔어요. 그 길을 따라……

In this bright future. you can't forget your past.

이 밝은 미래에 당신은 과거를 잊을 수 없어요.

So dry your tears, I say.

그러니 눈물을 그쳐요.

눈을 길게 감았다 떴다. 순간 눈물이 흐르는 것 같았다. 감각 이후의 현상들이 그리웠다. 슬프면 눈물이 흐르고, 무서우면 비명을 지르는 단순한 반응들은 살아 있다는 증거다. 아무런 반응을 할 수 없는 지금의 나는 살아 있는 것인가?

열여섯 혹은 열일곱의 내가 눈을 떴다. 셀 수 없을 정도의 긴 시간 동안 지구가 아닌 다른 곳에 있었다. 지구의 나이를 잊은 지 오래다. 나의 감각은 지구의 중력을 잊어버렸다. 감각이 없는 캡슐 속의 나는 깨어 있는 눈과 귀를 의심한다. 이러다 나 자신까지 잊게 될까 봐 두렵다.

캡슐이 푸른 성운 속으로 들어가자 작은 운석들이 별처럼 쏟아졌다. 운석들의 행렬은 흡사 모래 폭풍이 되어 캡슐을 휘감았다. 서울이 모래 폭풍에 잠기던 기억과 흡사했다. 해가 사라지고 며칠 동안 어둠만이 존재했던 곳, 어둠 속에서 내가 잡고 있던 것은 어른도, 빛도 아닌 바로 선의 손이었다.

오늘 다른 캡슐을 발견했다. 화성을 떠나 모선에 오른 선택받은 이들, 운에 자신의 운명을 맡긴 자가 탄 캡슐이다. 나와 같은 처지의 다른 이와 마주치는 건 일인용 캡슐 안에서 누릴 수 있는 유일한 즐거움이다.

저건 내게 무엇일까?

살아 있는 것?

나와 같은 것?

열두 번째 만난 캡슐이다. 열흘 만인 것 같다. 아니, 그 이상일지도 모르겠다.

까만 어둠 속 불빛, 캡슐의 상부에 켜진 붉은 깜박임은 그것이 살아 있는 어떤 존재를 싣고 있다는 증거였다. 운이 좋다면 가장 가까운 곳에서 캡슐을 볼 수도 있다. 온전한 형태까지는 아니어도 붉은색 깜박임보다 조도가 낮은 자체 조명으로 선체의 일부를 확인할 수도 있다. 눈을 크게 뜨고 눈꺼풀을 깜박여 보았다. 이동하는 캡슐의 속도가 내 캡슐의 속도와 같다면 꽤 오랜 시간을 나란히 갈 수도 있다. 하지만 대부분 뒤로 처지거나 앞으로 사라져 간다.

하나, 둘, 셋, 넷……, 여덟…….

열을 채 세지 못했다. 이대로 누군가가 탄 캡슐을 놓치고 싶지 않다. 내 시선 안에 가둘 수만 있다면 그러고 싶었다. 악착같이 캡슐을 바라본다. 돌릴 수 있을 때까지 눈알을 돌려 본다. 눈을 최대한 오른쪽으로 치켜뜬다. 금세 눈에서 전기가 오듯 통증이 느껴졌다. 눈에 너무 힘을 줘서 혈관이 터진 듯했다. 이윽고 캡슐은 시야 밖으로 사라졌다.

당신은 누구인가요?

남자인가요? 여자인가요?

누군가의 아버지, 혹은 어머니인가요?

당신도 날 보고 있나요?

여기는 어디인가요?

당신은 살아 있나요?

*

화성에 올 수 있었던 건 AI 분류 작업에 의한 이주민 신청에 선택되었기 때문이다. 열 살 남짓한 아이를 책임져 줄 사람이 없었다. 임시보호소에서는 일괄적으로 화성 이주민 신청서에 어린아이들을 등록했다. 그중에서도 비교적 건강한 아이들이 분류되었다고 했지만 이것은 곧 사실이 아니라는 걸 알게 됐다. 지구를 떠나기 위해서 시베리아를 횡단하는 보닝 컴퍼니 열차 안에서 만난 난민들은 아프거나 어딘가 단단히 고장 난 사람들이었다. 열차 안에서 만난 올레그 아저씨도 그들 중 하나였다. 한국에서 오래 살았던 올레그 아저씨는 도착지인 나홋카가 고향이었다. 백일 내내 열차 안에서 머물던 우리는 중간중간 역에서 멈춰야만 했다.

"사람들이 누군가를 실어 나르고 있어. 또 죽었나 봐."

선은 기차가 설 때마다 밖을 내다봤다.

"죽은 게 아니고 치료 받으려고 내린 거야."

"치! 그걸 믿어?"

"어른들이 그렇게 말했어."

"어른들은 다 거짓말쟁이야. 자기들끼리 말하는 걸 내가 들었단 말이야!"

"뭐라고 했는데?"

"죽은 사람들을 몰래 실어 나르는 거래."

선은 창에 매달려 떨어질 생각이 없어 보였다.

"네가 본 것도 아니잖아."

"안 봐도 뻔해. 지구가 병이 나서 사람들이 죽는 거야. 빨리 여길 도망쳐야 한다고. 여기 있다가는 우리도 죽을 거야."

"……."

우리는 같은 선택을 했지만 그 이유는 달랐다. 나는 희망을 찾으려고 보닝 컴퍼니 열차를 탔지만 선은 희망을 잃었기에 이것을 탄 셈이었다. 선은 지구에 없는 희망이 화성에 있다고 믿었던 것일까?

열차가 몇몇 사람을 내려놓고는 다시 출발했다. 사람들은 서둘러 제자리에 앉았다. 어둠이 내리자 술렁였던 기운이 가라앉았다. 열차가 러시아의 한 지방을 지나고 있었다. 창밖에 펼쳐진 밤하늘에 거대한 은하수가 흐르고 있었다. 회백색이 아니라 푸른색에 가까운 무수히 많은 별들이 떼를 지어 산등성이 위에 펼쳐졌다. 많은 이들이 창가에 얼굴을 기대고 은하수를 바라보았다. 지치고 창백한 얼굴들이었다. 검은 실루엣으로 이루어진 산등성이는 사막을 걷는 낙타의 등과 닮아 있었다. 낙타들의 행렬 위로 은하수가 흘렀다.

"하늘을 덮은 천막의 솔기가 산등성이 위에 내려왔구나."

올레그 아저씨가 한숨을 내쉬며 말했다.

아저씨는 서울에서 오랫동안 살았다고 했다. 서울에 대한 우리의 기억은 제각각이었다. 그는 서울이 싫지 않다 했고, 선은 서울이 싫다고 했다. 나는 서울이 싫지도 좋지도 않았다.

"천막의 솔기요?"

선이 은하수를 바라보며 물었다.

"우리 고향에서는 은하수를 천막의 솔기라고 부르지……. 이걸 봤으니까 된 거야. 뭘 더 바라겠어?"

올레그 아저씨가 혼잣말처럼 중얼거렸다.

"정말 예뻐요. 저게 다 성운이라니, 우주는 어떤 곳일까요?"

"아마도 조용하겠지. 여기는 그동안 너무 시끄러웠어. 우리가 배워야 할 것은 조용한 우주에 있을 거다. 란아, 선아?"

"네?"

우리는 동시에 대답한 뒤 아저씨의 불그스름한 얼굴을 빤히 바라보았다.

"너희는 절대로 헤어지면 안 된다. 꼭 살아남아라. 알겠지?"

올레그 아저씨는 자신이 열차에 오래 있을 수 없다는 걸 알았다. 아저씨의 얼굴이 붉게 달떠 있었다. 보닝 컴퍼니 열차에는 얼굴 인식 장치가 장착되어 있어서 열이 나면 손등에 삽입된 바코드에 빨간불이 들어온다. 깜박이는 불빛은 무엇으로도 감출 수가 없었다. AI보다 더 무서운 사람들의 눈이 있었기 때문이다.

사람들의 집요한 시선은 다음 역에서 하차해야 한다는 신호 같은 거였다. 바이러스라는 무형의 적과 싸워 온 인류는 더 이상 백신만으로는 안심할 수 없었다. 체온은 AI 분류 작업에서 가장 기본적인 사항이었다. 체온이 높은 사람을 최우선으로 격리하기 때문이다. 사람들은 격리되지 않기 위해서 자신의 체온 관리에 온 신경을 써야 했다. 높은 체온은 모두에게 경계 대상이 된 지 오래다.

올레그 아저씨는 다음 날이 되기 전 야심한 밤, 열차에서 내렸다. 선도 나도 담담하게 그걸 지켜봤다. 당연히 그 칸에 타고 있던 다른 이들의 시선 때문이었다.

선은 올레그 아저씨가 사라지자 입을 꾹 다물었다. 입을 자물쇠로 꼭꼭 잠근 것처럼 한마디도 하지 않았다. 급기야 사흘째 되던 날, 내 입이 먼저 터졌다.

"무슨 말이라도 해 봐!"

"……."

"어쩔 수 없었잖아. 우리가 할 수 있는 게 없었다고."

"……."

"선아, 제발 무슨 말이라도 해 봐."

"다시는 이곳에 돌아오지 않을 거야. 이놈의 지구 다 망해 버려!"

선은 화성으로 떠나는 날까지 지구를 원망했다. 사실 지구에 사는 인류가 받아야 할 원망이었다.

열차가 종착지인 블라디보스토크에 도착하자 나홋카로 향하는 수십 대의 무인 버스가 기다리고 있었다. 무인 버스여도 구형 버스라 50명 안팎의 사람만을 태울 수 있었다. 버스 입구에는 새로 장착이 되었는지 신형 인식기가 부착되어 있었다. 인식기가 있어야 난민들의 신분 번호와 체온, 출신지가 자동으로 인식되기 때문이다.

사람들은 열을 맞추어 버스에 올라탔다. 그러고 보니 이곳까지 오면서 단 한 명의 보닝 컴퍼니 직원도 만난 적이 없었다. 심지어 열차에서 내린 사람도 손목 인식기에 빨간불이 들어오면 자진해서 다음 역에 하차했으니 사람 만날 일이 없었다. 감시자도, 직원도 없는데 모든 규칙이 잘 지켜지고 있었다. 사람과 사람들 사이에 오가는 감시의 눈초리와 무언의 압박이 어떤 제재보다 더 엄격했기 때문이다.

선과 나는 버스에 오르려 줄을 섰다. 내 차례가 되어 인식기에 얼굴을 인증하고 안으로 들어서는데 뒤따라오던 선이 짧게 소리를 질렀다.

"아니야!"

선이 손으로 얼굴을 가리고 있었다. 손등에서 빨간불이 깜빡였다.

"……뭔가 잘못됐어."

나는 서둘러 버스에서 내렸다.

선의 뒤에 서 있던 사람이 우리를 밀치며 말했다.

"우리 먼저 타야 되니까 좀 비켜."

"전 열이 나지 않는다고요. 인식기가 잘못된 거예요!"

"그럴 리가 있니? 인식기는 틀릴 수가 없어."

선이 소리치자 누군가 대꾸했다.

"그래, 우리는 먼 길을 왔어. 모두가 지친 상태야. 네가 이러면 모두에게 피해를 주는 거라고."

"왜 기계가 틀릴 수도 있다고 생각하지 않는 거죠? 기계가 오작동한 걸지도 모르잖아요! 어째서 조금도 의심하지 않는 거예요?"

선이 지나가는 사람들을 향해 외쳤다. 하지만 누구도 선의 외침을 듣지 않는 것 같았다. 그저 무료하고 무심한 얼굴로 선과 나를 지나쳐

무인 버스에 오를 뿐이었다. 급기야 선이 사람들 사이를 비집고 버스에 올라타려 했다. 그러자 우악스러운 손이 선의 어깨를 잡았다.

"너같이 이기적이고 안하무인인 사람들 때문에 세상이 이렇게 된 거야!"

그 손이 선을 줄 밖으로 밀어냈다.

선이 땅바닥에 내팽개쳐졌다. 순간 화가 치밀어 그를 향해 악다구니를 쳤다.

"버스에 안 타면 될 거 아니에요! 바보 같은 사람들, 기계 따위를 믿다니."

그때였다. 누군가 줄 밖으로 나와서 우리에게 다가왔다.

"왜 기계를 믿지 않는 거니? 지금 여기서 믿을 거라고는 인식기밖에 없는데 말이야."

홍 선생님이었다. 같은 열차에 타서 이름 정도만 아는 사람이었다. 한국 사람이 많지 않아서 저절로 알게 되었지만, 그래서 더더욱 아는 척하기가 싫었다. 우리를 버린 어른들이랑 똑같았으니까.

"믿지 않아요. 나는 내 몸을 알아요."

선이 힘주어 말했다.

홍 선생님은 선을 빤히 바라보더니 우리를 데리고 무리에서 빠져나왔다. 선과 나는 순순히 그를 따라갔다. 어른이었지만 그의 눈빛은 왠지 달랐다. 열차에서 몇 번이고 마주쳤던 눈빛이었다. 경멸과 증오를 담아 그를 째려봤지만 그는 한결같은 눈빛으로 우리를 바라봤다. 불쌍하게 바라보는 것도, 다정하게 바라보는 것도 아니었다. 그는 우리를 수줍게 바라봤다. 아니, 부끄러운 표정이었다. 나중에서야 그가 보낸 눈빛이 미안함이라는 걸 알았다. 순전히 눈빛에 이끌려 따라갔지만 우리에게는 달리 선택지가 없었다. 이 곤란함에서 벗어날 방법이 도무지 보이지 않았기 때문이다.

"이걸 얼굴에 대고 있어."

홍 선생님이 주위를 두리번거리더니 품 안에서 손바닥만 한 주머니를 꺼내 내밀었다. 만져 보니 차가웠다. 주머니 안에 얼음이 있는 게 분명했다. 올레그 아저씨 말에 의하면 예전에는 나홋카의 9월이 지독하게 추웠다고 했다. 그런데 지금은 눈이나 얼음은 고사하고 기온마저 영하로 느껴지지 않아 춥다기보다는 을씨년스러운 한기만이 느껴질 뿐이었다. 지구에서 분명한 절기나 계절이 사라진 지 오래였다. 지난주까지 더웠다가도 엄청난 눈이 내리고, 몇 달이나 비가 오지 않다가도 한 달 내내 비가 오기도 했다. 모래 폭풍과 쓰나미가 이젠 흔한 뉴스가 되어 버릴 정도로 지구는 우리만큼 단단히 고장이 나 버렸다.

"어디서 난 거예요?"

나도 덩달아 주위를 둘러보며 얼음주머니를 선에게 전했다. 선은 홍 선생님을 경계했지만 선뜻 얼음주머니를 받아 얼굴을 비벼 댔다.

"이곳에 연변 쪽에서 같이 일했던 사람이 살아. 그에게 부탁했단다. 사람은 단순하고 별것 아닌 이유로도 열이 날 때가 있거든. 그걸 무작위로 색출한다는 건 합리적이지 않아. 아무리 우리가 바이러스에 취약한 신체라고 해도 말이야. 혹시나 해서 부탁했는데 너희에게 주려고 이렇게 된 모양이구나."

"이런 걸로 인식기를 속일 수 있을까요?"

선을 쳐다보면서 홍 선생님에게 물었다. 얼음 몇 조각으로 이 난관을 벗어날 수 있을지 의구심이 들었다.

"잠시 통과는 가능할 거야. 다만, 버스 내에도 열차처럼 인식기가 부착되어 있다면 바로 분류시키겠지. 그건 운에 맡기자꾸나."

홍 선생님이 여유로운 미소를 지으며 우리를 쳐다봤다.

"운이라고요?"

선은 얼음 조각을 가지고 있으면서도 홍 선생님을 향해 쏘아 댔다.

"그렇지. 나는 언제나 운이 좋았거든."

홍 선생님은 우리가 노골적으로 내비치는 경계심에는 딱히 신경 쓰지 않는 눈치였다. 이런 표정을 가진 사람을 오랜만에 보는 것 같았다.

"아저씨의 운이겠죠. 우리 운은 아니잖아요."

"내 운이 곧 너희의 운이 될지도 모르지."

잠시 후 우리는 마지막 무인 버스에 올라탔다. 다행히도 버스 내부에는 인식기가 없었다. 홍 선생님의 운 덕분이었을까?

무인 버스는 쉬지 않고 내리 두 시간을 달려 항구 도시인 나홋카에 도착했다. 버스에서 내리자 바다 냄새가 가득했다. 낮은 구릉이 병풍처럼 무너진 도시를 감싸 안고 바다가 그 앞으로 펼쳐져 있었다. 거대한 선박들이 가득 찼던 항구는 허물어지고 녹슨 폐선들이 자리했다. 썩은 바다와 폐선들 사이에 아치형 다리가 번쩍이고 있었다. 다리의 끝에는 보닝 컴퍼니의 모선이 쏘아질 거대한 출발대가 우두커니 서 있었다. 폐선과 폐건물이 가득한 곳에 우뚝 서 있는 모선의 출발대는 마치 구원을 향해 올라가야 할 마지막 성전과도 같았다. 지구를 떠날 수 있는 마지막 티켓이 그곳에 있었다.

*

그렇게 떠나온 지구였지만, 나는 다시 돌아가야만 했다. 하지만 구형 모선에 오를 뽑기에서 떨어지는 바람에 선발대에 뽑힌 홍 선생님을 찾아가야 했다. 홍 선생님이 있는 15동 지하돔은 다섯 개 동을 거쳐 가야 한다. 돔과 돔을 연결하는 지상 통로는 기압이 낮아서 반드시 선내 우주복을 입고 공기를 순환시키는 작은 송풍기를 휴대해야 한다. 이런 복잡한 과정 때문에 사실 이동이 활발하지 않았다.

15동 돔에 도착하자마자 선내 우주복을 벗어 들고 홍 선생님의 숙소를 찾아갔다. 여섯 번째 방문이었다. 그러고 보니 이곳에 온 첫해만 빼고 한 해에 한 번꼴로 가 본 셈이었다. 내가 가겠다고 미리 연락을 했는데도 방에는 아무도 없었다. 다행히 방에는 락이 걸려 있지 않았다.

열 평 남짓한 방에는 지구에서 가져온 온갖 종류의 종이책이 있었다. 《미래 지구 유엔 환경 보고서》 같은 경우는 드문드문 빠진 연도가 있는 걸로 봐서 누군가에게 빌려준 모양이었다. 책상 위 널브러진 책들 사이에 서 있는 초록색 병은 홍 선생님이 가장 사랑하는 인버 하우스 위스키가 분명했다. 옆에 있는 컵을 들어 냄새를 맡으니 위스키 냄새가 남아 있었다. 그러고 보니 작년에 왔을 때도 이와 비슷한 풍경이었다. 달라진 게 있다면 그땐 위스키가 꽤 남아 있었고 지금은 바닥을 보이고 있다는 것뿐이었다.

"오래 기다렸니?"

잠시 후, 홍 선생님이 옥수수를 가지고 들어왔다.

"웬 옥수수예요?"

"양식 돔에서 키운 옥수수가 이번에는 꽤 잘 자랐어. 화성의 땅에서도 곧 옥수수가 자랄 거야."

"양식 돔에서 키운 옥수수가 잘 자랐다고 화성의 땅에서도 옥수수가 자랄 거라고 생각하는 건 무슨 논리예요? 처음도 아닌데……."

말끝에 살짝 웃음이 배어 나왔다. 홍 선생님은 그런 날 지그시 바라보았다. 언제나 느끼지만 저 여유로운 표정은 화성에서 보기 힘든 것임에는 틀림이 없다.

"양식 돔의 토양이 화성의 토양과 지구의 토양을 7 대 3의 비율로 섞은 거니까 희망이 있는 게 아닐까?"

"여전히 지구의 흙이 필요하단 얘기잖아요. 그게 무슨 희망이에요?"

"희망적이지. 언제나 희망은 있기 마련이야."

"……."

홍 선생님이 옥수수가 담긴 그릇을 내밀었다. 그러고는 의자에 엉덩이를 걸치고 다리를 책상에 쭉 뻗었다. 그는 맛있는 음식을 대하듯 옥수수 향을 맡았다.

"단 냄새가 나네."

한 입 크게 베어 물고는 나를 쳐다봤다. 내가 아무런 말도 하지 않자 이어서 물었다.

"무슨 일일까?"

"지구에 가고 싶어요."

"그렇군……."

"선생님은 지구에 가고 싶지 않잖아요."

"왜 그렇게 생각하지?"

"기대할 게 없다고 언젠가 말씀하셨잖아요."

"기대할 게 없다고 했지, 지구에 가고 싶지 않다고 말하진 않았어."

"그게 그 말 아닌가요?"

조급한 마음에 말이 빨라졌다.

"그게 그 말은 아니다만 그럴듯한 이유를 듣는다면 내 표를 양보할 순 있어."

"정말요?"

의자를 당겨 바투 다가앉았다.

"나를 설득해 봐."

홍 선생님은 말하는 중에도 옥수수를 열심히 먹는 것에 집중했다.

"확인할 게 있어요."

"흠……, 홍미롭구나. 확인할 거라니, 구미가 당기는걸? 그게 뭐지?"

"보호소가 아직도 있는지 확인하고 싶어요."

"보호소라고?"

"제가 머물던 보호소가 있어요. 그곳에 가 보고 싶어요."

"서울에 있던 보호소 말이냐?"

"네."

"그곳은 네가 지구를 떠나기도 훨씬 이전에 파괴됐다는 걸 누구보다 잘 알고 있을 텐데? 그런 곳에서 뭘 확인하고 싶은 거지?"

거침없이 나오던 대답이 막혀 버렸다. 선발대 표를 구하기 위해서 어디까지 말해야 할지 고민이 되었다.

"……알아요. 파괴된 도시에서 우리는 2년이나 살았어요. 그렇다면 아직도 남아 있는 게 있을 거예요. 전 꼭 가야 해요. 제가 버리고 온 것이 있다고요."

"버리고 온 것이라……. 그게 남아 있을까?"

"그래도 가야 해요."

"흠, 그 죽음의 도시에서 짐승처럼 살고 있던 너희 이야기가 전 세계적인 뉴스였지. 아무도 살아 있지 않을 거라고 생각한 곳에서 어린 아이들끼리 2년이나 살았다는 건 굉장한 일이었어. 게다가 바이러스나 호흡기 질환도 없이 비교적 건강한 모습으로 살아남았으니 참 이상한 일이었지. 그곳에서 간신히 살아남은 사람도 호흡기 질환 때문에 오래 살지 못했으니까. 너희는 어른 하나 없이 열 살 미만의 아이들끼리 살아남았어. 난 늘 궁금했거든. 그런 기적이 어떻게 일어났는지 말이야."

"그건 기적이 아니에요. 그냥 살아남은 거예요."

"그러니까 어떻게 살았냐는 거지."

"어떻게는 중요하지 않아요. 사는 것만이 중요했어요."

"그래, 살아남아야 한다는 건 매우 중요하지. 란아, 돌아오면 말해 주겠니? 그곳에서 살아남은 너희 이야기를 말이다."

다행히도 홍 선생님은 더는 묻지 않았다. 홍 선생님이 끝까지 물었다면 나는 이야기했을까? 그곳에 있었던 끔찍하고 비겁했던 나에 대해서.

"역시 협상을 할 줄 아는구나. 너는 이미 표를 쥐고 있어."

홍 선생님이 벌떡 일어서며 다 먹은 옥수수를 내려놓았다. 그제야 나도 남아 있는 옥수수를 집어 들었다.

"화성의 붉은 땅에서는 절대로 자랄 수 없겠죠?"

옥수수를 빤히 바라보았다.

"유세프 분화구에 기대해 보자꾸나. 태양의 폭발로 잃은 게 있다면 얻은 것도 있지. 태양으로부터 불어오는 자외선으로 인해 화성 대기의 95%나 차지하던 이산화탄소 분자가 일산화탄소와 산소로 쪼개지고 있어. 흑점이 폭발할 때마다 일산화탄소가 대기에서 날아가는 게 분명하다는 소리지. A지구가 조금씩 변하고 있어. 기후는 토질을 바꾸는 가장 중요한 열쇠지. 지구에서 들이부은 토양과 화성의 토질로 인해서 붉은 땅은 우리에게 희망을 줄 거다."

A지구는 수백 년 동안 화산 활동을 하지 않는 유세프 분화구 지역이다. 악마의 구멍이라고 불릴 정도로 깊은 저지대 평야로 이루어져 있다. 화성에서 테라포밍을 맨 처음 시작한 곳이었다. 거대한 돔 안에서 지구의 식물 정착화를 최초로 시도한 곳이지만 번번이 실패했다. 화성의 붉은 땅은 그렇게 호락호락하지 않았다. 결국 보닝 컴퍼니가

지구에서 필요한 광물만을 채취해 가는 곳이 되었지만 사람들은 이곳을 포기하지 않았다. 보닝 컴퍼니의 수송기가 오지 않은 지난 5개월 동안 63번째 식물 정착화 과정에서 심은 옥수수에서 기어이 싹이 텄다. 화성의 붉은 땅에서 피워 낸 생명의 징후였다.

홍 선생님 말대로 오늘은 운이 좋았다. 열세 번째 캡슐을 만났기 때문이다. 하루에 두 대를 본 건 처음이었다. 캡슐 안에서의 하루란 수면 약물이 투여되어 잠든 뒤 정해진 시간에 눈을 떠서 보내는 짧디짧은 시간을 의미한다. 분명한 건 화성에 있을 때보다 더 오래 잠을 자고 있다는 거다. 그것 말고는 딱히 할 일이 없으니까 당연한 건지도 모르겠다.

열세 번째 캡슐을 시선 안에 가두고 오래 보고 싶었다. 놓치지 않으려 눈도 깜빡이지 않고 캡슐을 본다. 눈을 부릅뜰수록 심장이 세차게 뛴다. 심장이 뛰는 속도를 숨이 따라가지 못한다. 호흡이 가쁘다. 캡슐의 붉은 등이 내 심장의 진동만큼 숨차게 깜박이고 있다. 깜박임이 너무 빠르다. 나도 모르게 눈꺼풀이 떨린다.

열세 번째 캡슐은 움직임이 이상했다. 다른 캡슐과 다르게 일정한 궤적이 아니었다. 멀어졌다 가까워지기를 반복했다. 그러니까 시야에서 사라졌다 나타나기를 서너 번쯤 한 것 같았다. 나는 최대한 캡슐을 놓치지 않으려고 애썼다. 가슴이 미친 듯이 뛰었다. 생체 곡선이 요동치기 시작했다. 진정해야 한다. 그렇지 않으면 몸에 부착된 얇은 관을 통해 약물이 투입될 것이다. 그러면 의식을 잃게 될 것이고 또 며칠을 자야 할지 모른다. 난 깨어 있고 싶다. 지금은 절대로 잠들고 싶지 않았다.

캡슐은 붉은 성운 언저리에 섞여 버렸다. 따라잡기에는 시력이 많이 약해져 분간하기가 힘들었다. 움직이는 것을 최대한 포착해야 한다. 눈을 길게 감았다가 떴다.

저거다!

곧 캡슐이 시야에 들어왔다. 여전히 가쁜 깜빡임이다. 그럼에도 캡슐은 점점 가까이 다가오고 있다. 일정한 속도다. 아니 점점 빨라지는 것도 같다. 캡슐의 형체가 보인다. 이윽고 온전한 모습이 보였다. 세모난 선수에 있는 창도, 후미의 추진기도 보인다. 추진기에서 옅은 하얀 공기가 나오는 걸로 봐서 그렇게 큰 이상은 없는 듯했다. 방향을 조금만 틀어 준다면 선수에 있는 창을 통해서 안에 있는 사람도 보일 터였다.

조금만! 조금만 더!

나도 모르게 몸을 비틀었다. 움직일 수 없는 몸이라는 걸 알면서도 본능적으로 그런 생각을 했고, 마치 몸을 비튼 것처럼 인식하게 된다. 그럼에도 불구하고 생체 곡선이 또 출렁거렸다. 심장이 그만큼 요동치고 있다는 증거다.

후! 후! 후!

숨을 크게 내쉬었다.

진정하자! 정신 차리자!

마음을 다잡고 캡슐을 찾았다.

쉬이이이익!

캡슐의 움직임은 들리지 않는 소리를 만들어 냈다.

캡슐이 공간을 가르며 나를 향해 날아왔다.

500미터, 400미터, 300미터……

'제발, 날 향해 와. 와서 부딪친다 해도 내게로 와 줘. 난 네가 보고 싶어. 네가 그리워. 너의 모습을 볼 수만 있게 해 줘!'

캡슐은 세모난 선수에 있는 창을 나에게 보여 주지 않고 그대로 스쳐 지나갔다. 바로 코앞이었다. 손을 뻗어서 잡는다면 충분히 잡을 수 있을 것만 같았다. 아슬아슬하게 스쳐 지나간 캡슐이 제 진로대로 가지 않는다는 걸 곧이어 확인할 수 있었다. 설정해 놓은 궤도 이탈이 아니라 어딘가 고장이 난 게 분명했다. 캡슐은 이리저리 궤를 달리했다. 얼마 지나지 않아 길을 잃은 듯이 왔다 갔다 하더니 전방에서 정지하듯 멈춰 섰다. 선수의 붉은 등은 끊임없이 깜박였다. 캡슐의 선수에서 하얀 기체가 뿜어져 나왔다.

글러 먹었다. 캡슐에 앉은 누군가는 살지 못할 것이다. 그러니까 그는 운이 좋지 않았다. 나는 깜박이는 캡슐을 보면서 가쁜 숨을 몰아쉬었다.

캡슐은 이내 붉은 열꽃이 피어오르는 것처럼 환하게 불을 밝히며 폭발했다. 눈앞에서 순식간에 벌어진 일이었다.

아아아악! 아아아아아악! 아아아아아아아악!

소리가 입 밖으로 나오지 않았다. 눈꺼풀이 심하게 떨렸다. 하지만 눈물은 흐르지 않았다.

계기판에 초록색으로 표시된 생체 곡선이 요동치며 경고음이 울렸다. 의식이 점점 희미해져 간다. 이대로 영영 잠에서 깨어나지 않을 수도 있다. 아니, 깨어나지 않길 바란다.

"눈을 떠!"

선의 목소리에 눈을 떴다. 환청이었다.

여전히 나는 일인용 캡슐에 타고 있었다.

눈을 뜨자 오디오에서 음악이 흐르고 있었다. 약속된 시간, 약속된 음악인 게 틀림이 없었다.

Ground control to major Tom.

여기는 지상 관제소, 톰 소령에게 전합니다.

……

Now it's time to leave the capsule if you dare.

준비됐으면 캡슐에서 나오십시오.

……

Far above the world.

멀리 떨어진 이곳에서 보니

Planet Earth is blue.

지구는 푸르고

And there's nothing I can do.

내가 할 수 있는 것은 아무것도 없네요.

……

Ground control to major Tom.

여기는 지상 관제소, 톰 소령에게 전합니다.

Your circuit's dead. There's something wrong.

회로가 작동하지 않습니다. 뭔가 잘못된 것 같습니다.

Can you hear me. Major Tom?

우리 말이 들립니까? 톰 소령?

……

Here am I floating round my tin can far above the Moon.

달에서도 멀리 떨어져 우주를 떠돌고 있습니다.

Planet Earth is blue and there's nothing I can do.

지구는 푸르고 내가 할 수 있는 것은 아무것도 없네요.

노래 속에 등장한 톰 소령은 지구에 돌아갔을까? 캡슐에서 나와 지구 땅을 무사히 밟았을까? 오래전 노래는 우리의 현재를 예측이라도 한 듯이 떠돌고 있는 우주인 이야기를 하고 있었다.

우리가 처음 도착했을 때만 해도 화성에는 음악이 없었다. 홍 선생님이 보급선에 요청한 첫 번째 요구 사항이 지구의 음악 파일이었다. 먹는 것도 아니고 종자도 아니고 흙도 아닌 음악이라니, 모두가 배부른 소리라고 수군댔다. 하지만 작업 시간에 흘러나온 음악은 생각보다 큰 영향을 주었다. 작업 능률도 올랐고 다양한 나라의 음악 덕분에 나라와 인종을 초월하여 그들을 이해하는 데에도 한몫했다. 그들의 정서가 고스란히 녹아 있는 음악이 있었기 때문이었다. 인류가 만든 것 중에서 이유를 묻지 않아도 되는 것이 음악이라고 했던, 홍 선생님의 말이 맞는 것 같았다. 하지만 캡슐 안에 흐르는 저 노래 가사는 이유를 묻고 있었다. 캡슐에서 나가야만 하는 이유 말이다.

며칠째 캡슐은 유영하듯 날고 있었다. 저만치 회백색 성운이 강처럼 흐르고 있었다. 회백색의 은하수를 지나자 우주는 더없이 무료했다. 소리가 존재하지 않는 우주, 시간이 존재하지 않는 우주는 무수히 많은 존재를 품고 있다. 아마도 시공간이 존재하지 않기에 품을 수 있는 건지도 모르겠다. 그럼에도 나는 소리가 들리는 듯했고, 시간이 흐르는 것처럼 느끼고 있었다. 캡슐 안 미세한 기계 소리만이 내 세계가 된 지 오래다. 어떤 감각도 믿을 수가 없었지만 이제 아무래도 상관없었다.

다시 까무룩 잠이 들려고 할 때였다. 눈을 두어 번 깜빡이는 순간, 무엇인가가 그림자처럼 나타났다 사라졌다. 또다시 환영을 보는 것이라고 단정해 버렸다. 눈꺼풀은 어느 때보다 무거웠다. 이제는 잠을 자야 할 것 같았다.

눈을 감았다.

옅은 음영이 눈꺼풀 안을 스쳐 지나갔다. 살며시 눈을 떴다.

쉬이이이익…….

캡슐 한 대가 눈앞을 지나갔다. 후미에서 퍼지는 하얀 기체 때문인지 소리가 들리는 듯한 착각이 일었다.

눈을 크게 뜨고 정체를 확인했다.

환영이 아니었다. 캡슐이었다.

캡슐은 내 캡슐과 같은 속도로 일정하게 움직이고 있었다. 어느 순간 캡슐의 속도가 급격하게 느려졌다. 내가 탄 캡슐도 일정한 속도로 느려졌다. 나란히 유영하는 캡슐에는 나와 같은 존재가 타고 있었다.

내 또래의 여자아이였다. 아이는 눈을 동그랗게 뜨고 나를 바라보고 있었다. 이 상황이 놀라운 모양이었다.

우리는 서로를 빤히 바라봤다. 순간 알 수 없는 슬픔이 밀려왔다. 당장이라도 어린아이처럼 목 놓아 울고 싶었지만 그럴 수가 없었다.

"살아 있구나. 고마워……."

아이를 향해 말했다.

"나도 고마워."

아이도 날 향해 대답하는 것 같았다.

"나는……, 나는 할 말이 있어."

"할 말?"

"응."

"누구에게?"

"누구든지 상관없어. 이 말을 꼭 해야 했는데 미처 하지 못하고 그곳을 떠났거든."

"말해 줘. 내가 듣고 있을게."

"……용서해 달라고 말하고 싶었어."

"누구를?"

"나를, 우리를, 우리 모두를. 우리를 버린 자들을, 우리가 포기한 자들을, 모두 용서해 달라고 루이에게 말하고 싶었어."

"루이? 루이를 찾고 있구나……."

캡슐에 탄 아이가 미소를 짓는 듯했다.

아이를 태운 캡슐과 점점 사이가 벌어졌다. 내 시선이 서둘러 아이를 붙잡았다.

"제발 가지 마!"

아이를 태운 캡슐은 계속해서 멀어져 갔다.

*

급격한 기후 변화는 서울을 조금씩, 조금씩 삼켜 버렸다. 거대한 모래 폭풍이 며칠째 계속되자 사람들이 사라져 갔다. 서울을 지킬 수 있을 거라고 큰소리치던 자들이 가장 먼저 사라졌다. 사라지는 사람들과 아픈 사람들이 같은 속도로 늘어났다. 아픈 사람들이 죽어 나가자 사라지는 사람들이 더 빠르게 늘어났다. 우리는 알지 못했다. 어른들이 짐을 싼다는 걸. 그리하여 남아 있는 사람은 아프거나 가난하거나, 우리처럼 지켜 줄 부모가 없는 아이들뿐이었다. 어른들은 사라지면서 기다리면 데리러 올 거라고 했다. 그래서 우리는 오도카니 죽음의 도시에서 그들을 기다렸다. 기다리고 기다렸다. 그러다 알게 되었다. 그들이 돌아오지 않을 거라는 걸.

어느 날 문득, 남아 있는 사람이 우리뿐이라는 걸 알았다. 우리는 버려진 음식으로 몇 달을 견디어야 했다. 그나마 다행이라면 보호소 지하실에는 오래된 지하수 펌프가 있었고, 폭풍으로 인해 파괴된 펌

프에서 끊임없이 물이 나오고 있다는 것이었다. 식품 저장소도 지하실에 있던 터라 그곳에서 여러 날을 버텼다. 하지만 시간이 지날수록 음식이 떨어져 갔다. 음식을 찾기 위해서 밖으로 나가야만 했고, 점점 더 먼 곳을 헤매야 했다.

해가 바뀌자 아파서 죽는 아이, 굶어서 죽은 아이들이 생겼다. 우리는 죽은 아이를 어떻게 처리해야 할지 방법을 몰랐다. 그저 우리가 갈 수 있는 가장 먼 건물에 죽은 아이를 버렸다. 아무리 먹을 것이 없더라도 그곳에는 가지 않았다. 죽는 아이가 나오기 전에는.

산다는 것은 그 무엇도 아니었다. 먹어야 살 수 있다는 생각만이 남았다. 우린 살기 위해서 닥치는 대로 먹어야 했다. 먹기 위해서 사는 것이 되어 버린 우리는 짐승과도 같았다.

"루이가 배고픈가 봐! 또 울기 시작했어."

선은 울고 있는 루이를 어설프게 안고 있었다. 루이는 이제 막 두 살이 넘은 어린아이였다. 어쩐 일인지 나는 루이를 품에 안을 수 없었다. 그 작은 아이가 선의 품을 파고드는 걸 멀뚱히 지켜봤다. 루이는 선에게 전적으로 의지한 채 가까스로 숨 쉬고 있었다. 나는 그렇게 연약한 생명체를 본 적이 없었다. 너무도 투명하고 여려서 루이를 안았다가는 부서질 것만 같았다. 그래서 나는 루이가 두려웠다.

"이틀이나 굶었으니까."

마치 남의 이야기를 하듯이 대꾸하자 선이 발끈했다.

"또 그런다. 너, 가끔 못되게 말해. 괜히 그러는 거지?"

"뭐가?"

"일부러 그러는 거잖아. 너도 속으로는 루이를 좋아하면서……."

"바보 같은 소리 마."

애써 선의 시선을 피했다.

아이들은 저마다 다른 태도로 루이를 대했다.

"제발 그 애 좀 어떻게 해 봐!"

"우는 소리 때문에 짜증이 난단 말이야."

아이들은 선과 내가 없으면 루이를 함부로 다뤘다. 울고 있는 루이를 여러 벌의 옷가지로 덮어 놓기도 했고, 보호소 문 앞에 버리기도 했다. 마치 눈앞에서 치워 버리면 루이가 없어져 버리기라도 할 것처럼. 선은 한시도 루이에게서 떨어지지 않았다. 당연히 식량을 구하는 일도 내 몫이 되었다. 혼자 힘으로 얻은 음식을 세 명이 나눠 먹어야 했다. 나는 점점 지쳐 갔다. 적은 양의 음식 때문인지도 몰랐다. 또래 아이들과의 힘 싸움에 지쳐서인지도 모르겠다.

"루이는 아기야. 우리가 돌봐야 할 아기라고!"

선이 아이들에게 애원하듯이 외쳤다.

"내 동생도 아니잖아, 네 동생도 아니고. 우리가 왜 그래야 하는데?"

"그게 뭐가 중요해?"

"중요하지. 넌 아무 상관도 없는 애 때문에 우리한테 피해를 주고 있어."

"그저 우는 것뿐이야. 루이는 배가 고파서 우는 거고, 우는 게 바로 루이가 하는 말이야."

"누가 그래? 우는 게 말이라고 누가 그랬냐고?"

"우리 엄마가……."

'엄마'라는 소리에 모두가 말을 잇지 못했다. 우리 사이에 좀처럼 나올 수 없는 단어였다. 아이들은 약속이라도 한 듯이 '엄마'라는 단어를 금기시했다. 그런데 선이 그 단어를 입에 올린 것이다. 몇몇 아이들이 훌쩍였다. 몇몇 아이들은 욕지기를 했다. 누군가는 엄한 벽을 발로 차기도 하고, 밖으로 나가 버리는 아이도 있었다. 우리에게 '엄마'라는 존재는 가족이자 국가이자 우리의 존재를 증명하는 그 '무엇'이었다. 그러니까 우리는 그 무엇도 없는 고아였다. 난민이 만들어 낸 고아들은 너무도 많았고, 고아들을 책임져 줄 곳은 어디에도 없었다. 우리 힘으로 살아남아야만 했다.

여전히 루이는 울어 댔다. 하루 종일 우는 루이의 울음소리가 나중에는 소음처럼 느껴졌다. 귀를 막거나 신경질을 내는 아이들도 있었다. 시간이 지나자 아이들은 익숙해지고 있었다. 더는 누구도 울음소리에 귀 기울이지 않았다. 마침내 무관심은 가장 무서운 미움이 되었다. 아이들은 루이를 증오하기 시작했다. 나와 선은 아이들이 루이를 버릴 거라는 걸 눈치챘다. 큰 사람들이 우리에게 그랬던 것처럼.

선은 점점 먹지 않았다. 제 먹을 걸 루이에게 전부 주기 시작했다.

"그러다 네가 죽어."

그러는 선이 나는 안타까웠다.

"내가 먹으면 루이가 죽을 거야."

"같이 죽을 수도 있단 말이야."

"쟤는 아기잖아."

“지금 그게 무슨 상관이야? 어른들도 자기만 살겠다고 우릴 버렸는데.”

선은 내 말에 벌컥 화를 냈다.

“그래서, 그래서 우리도 그렇게 하자고?”

선은 기운이 없는지 그대로 누워 버렸다.

나는 날마다 음식을 구하러 밖으로 나갔다. 몇 겹의 옷으로 입을 가려도 숨이 턱턱 막혀 왔다. 고글을 써도 모래 바람을 비껴가긴 어려웠다. 그럼에도 움직이지 않으면 굶어야 했다. 허물어진 마트와 꼭꼭 잠긴 무인 편의점과 수없이 많은 거리의 자판기가 사냥터였다. 나중에는 고층 아파트를 털었지만 모두 지문 잠금 장치나 동공 잠금 장치가 있어서 수월한 사냥터는 아니었다.

아이들은 자연스럽게 무엇이든 같이 행동해야 한다는 걸 배웠다. 같이 행동하고 같이 나누고 그래야 살아남을 수 있다고 말이다. 하지만 분배는 공평하지 않았다. 힘 있는 아이들이 많이 가져갔고, 힘이 없는 아이들은 늘 부족하게 가져야만 했다. 그러니까 나는 그 빌어먹을 힘이 없었다.

선은 그때 무슨 생각으로 루이를 지켜 냈을까? 이 비겁한 세상에 어떤 선의를 증명이라도 하려는 것이었을까? 하지만 선은 루이와 함께 점점 죽어 갔다. 의식 없이 며칠째 일어나지 못했다. 적은 음식을 할당받은 나는 갈등했다. 선과 루이 중에 누군가를 선택해야만 했다. 어느 날부턴가 보호소에 루이의 울음이 들리지 않았다. 순전히 내 선택에 의한 결과였다.

루이가 죽었다. 선이 마지막까지 지키고자 했던 아이였다. 의식이 없던 선은 알지 못했다. 기운이 없던 나는 마지막 힘까지 끌어모아 보호소 마당 한 곳에 루이를 묻었다. 선이 의식을 찾기 전에 서둘러야 했다. 선이 점점 기운을 차리기 시작했다.

훗날 선이 루이에 대해서 물었지만 그 일을 사실대로 말할 수 없었다. 영원히 가슴에 묻으려고 했다. 그런데 나는 지금 서울의 보호소를 향하고 있다. 보호소에 가려고 이 몹쓸 캡슐에 타야만 했다. 루이가 묻힌 그곳에 간다고 해도 변하는 것은 아무것도 없는데.

비어 있는 우주를 바라보다 눈을 감아 버렸다. 생체 곡선이 미친 듯이 요동쳤다. 눈을 몇 번이고 감았다 떠도 보이는 풍경은 똑같았다. 어둡고 무지하고 두려운 어둠. 그뿐이었다. 다시 눈을 떴을 때 사라졌다고 생각한 캡슐이 눈앞에 있었다. 보고 있어도 믿을 수가 없었다. 몇 번이고 눈을 깜박였다.

캡슐의 유영은 어느덧 멈춰 있었다. 주위를 둘러보니 한 대만이 아니었다. 눈으로 세기에도 벅찰 정도로 많은 캡슐이 떠 있었다. 내 앞과 옆, 그리고 뒤에도 캡슐이 부유하고 있었다.

모선을 떠나온 후 그렇게 마주치길 소망하던 캡슐이었다.

순간 오디오가 켜졌다.

당신은 깨어 있나요? 지구에 도착한 걸 축하드려요!

여기는 우주의 창백한 푸른 점, 지구입니다.

많은 캡슐이 한 방향을 바라보고 있었다. 캡슐은 지구가 있어야 할 곳에 둥둥 떠 있었다. 모두가 일인용 캡슐에 누워 있었다.

우리는 지구를 떠나 대략 5,630만 킬로미터 떨어진 화성으로 보내졌다. 진심으로 지구가 싫어서 화성에 간 이들은 없었다. 그리고 그곳에서 다시 5,630만 킬로미터를 건너와 이곳에 왔다. 언젠가는 돌아와야 할 곳이 이곳이기 때문이다.

응답할 관제탑 따위는 존재하지 않았다. 우리가 입은 셔츠를 확인해 줄 이도 없었다. 톰 소령이 도착해야 할 지구는 없어진 지 오래였다. 지구는 제가 있어야 할 곳에 있지 않았다. 비어 있는 우주에는 더 이상 창백한 푸른 점이 존재하지 않았다. 무수히 많은 분자와 원자가 되어 먼지처럼 흩어져 버렸다.

우리가 탄 일인용 캡슐은 어두운 우주에 떠 있는 관처럼 멈춰 있을 뿐이었다.

지구가 아닌 우주 한가운데에.

작가의 말

SF 영화를 무척 좋아한다. 영화를 보면 흔히 쓰이는 장면이 있다. 타임캡슐을 타거나 타임캡슐을 타고 이동하는 장면이다. 이제는 흔하게 쓰여서 놀라운 장면도 아니다. 나는 그 장면을 볼 때마다 타임캡슐이 마치 관 같다는 생각을 하곤 했다. 중력도 소리도 시간도 존재하지 않는 우주에서 캡슐은 죽음을 나르는 관이 분명해 보였다. 이야기는 그것에서 시작되었다. 부디 지구인들이 관을 열고 나왔을 때 희망에 찬 지구를 만날 수 있기를 바란다. 덧붙이자면 오래전 데이빗 보위가 불렀던 노래 속의 톰 소령을 나는 아직도 기다리고 있는 중이다.

코찌
윤혜숙

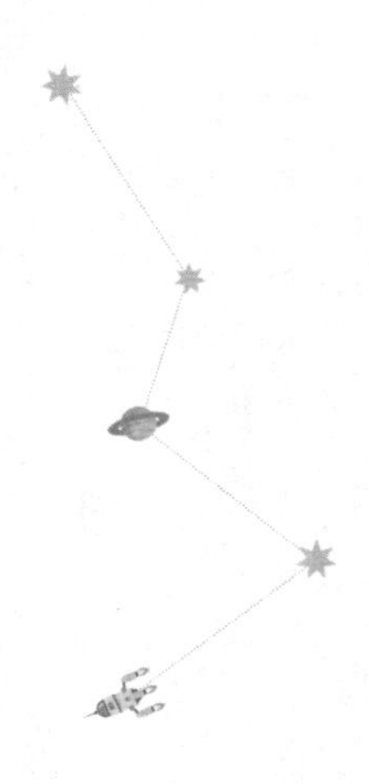

#1

에코센터 앞은 벌써부터 아이들로 북적거렸다.

"오빠, 예전엔 하늘 색이 코발트블루였다는 게 진짜일까?"

한나의 중얼거림에 조이는 고개를 들었다. 잿빛으로 희부연 하늘에 떠 있는 에어클린 드론(엑키)이 눈에 들어왔다. 엑키는 지구인들을 공포로 몰아넣었던 헥타드 팬데믹과 방독 마스크로부터 민낯을 되찾아 주었다.

"한 시간 뒤나 지금이나 뭐가 달라!"

한나가 웅얼대며 쓰고 있던 마스크를 벗으려 했다. 조이가 달려들듯 한나의 손을 세차게 잡아챘다. 한 시간 후면 마스크에서 해방될 텐데, 그 정도도 못 참느냐고 한소리 하려다 말을 삼켰다. 한나가 이날을 얼마나 손꼽아 기다렸는지 너무나 잘 알기 때문이었다.

봉곳한 콧등과 그린 듯 단정한 입매를 마스크로 가리고 사는 게 늘

불만인 아이였다. 한나는 아이돌 스타 필립의 콘서트만큼은 민낯으로 가겠다며 노래를 불렀다. 몇 달치 용돈으로 장만한 진주 코찌걸이도 지금쯤 주머니 속에 들어 있을 게 분명했다. 실핏줄이 내비치는 한나의 얼굴은 기대감으로 번들거렸다.

코찌5로 모두에게 안전한 일상을!

대형 스크린을 장악한 에코센터의 슬로건이 쉴 새 없이 깜박거렸다.

20년 전, 지구 온도 2도 상승을 막아내 여섯 번째 멸종 위기에서 벗어나자는 취지에서 재개한 세계 기후 협약은 코로나 팬데믹 이후에도 자국민의 경제 활동을 보호해야 한다는 강대국의 이해관계 때문에 유명무실해졌다.

지구 온난화는 수만 년 동안 빙하 속에 동결돼 있던 고대 바이러스를 깨웠고, 인류는 신종 바이러스 헥타드의 역습으로 절반의 인구를 잃었다. 헥타드는 전염률과 치사율이 거의 헥타급이어서 붙여진 이름이었다. 엄청난 희생을 치르고서야 각국 정부는 세계 기후 협약을 재개하고, 2020년 이전 수준으로 공기를 정화하겠다는 목표 아래 세계 기후 정부를 출범시켰다.

기후 정부는 팬데믹의 종식을 위해 두 가지 정책을 동시에 추진했다. 코찌5와 엑키의 상용화가 그것이었다. 기후 정부가 전 국민의 코찌 장착을 바이러스 방역 대책으로 내세우게 된 것은 에코센터 기술진이 1마이크로보다 작은 바이러스까지 감지할 수 있는 획기적인 전자 센서를 개발했기 때문이다.

"코찌5의 전자코 감지 센서가 들숨 속 유기 화합물의 포화도를 측정해 바이러스 감염 여부를 빠르고 정확하게 진단할 수 있어. 너희 선배들이 '민낯에 대한 권리'를 쟁취한 것도 알고 보면 인간의 후각보다 50배는 뛰어난 코찌5 덕분인 거지."

지난해 에코센터에 가기 전날, 담임 선생님은 코찌5가 장착된 코를 가리키며 목소리를 높였다.

아이들은 열다섯 살이 되는 해에 에코센터에 가서 건강 검진을 받고 자신의 바이탈에 적합한 맞춤형 코찌5를 장착했다. 코찌5의 감지 기능은 공기 질을 측정해 수집한 데이터에 약간의 이상 징후가 발견되면 10분 이내로 에코센터의 방역단이 출동하는 최고의 방역 시스템이었다. 사람들은 답답한 마스크 생활에서 벗어나 자신의 폐로 호흡할 수 있다는 것에 기꺼이 소득의 절반을 세금으로 냈다.

새해가 되자마자 기후 정부의 할리손 총리는 코찌5의 성능을 두 배로 향상시켰으며, 장착 연령을 지금의 15세에서 14세로 낮추겠다고 발표했다. 그 첫 수혜자가 한나의 동갑내기들이었다. 북새통을 이루고 있는 아이들 중에는 아예 방독 마스크를 벗어서 손끝으로 뱅뱅 돌리는 아이도 있었다.

"엄마는 코찌가 왜 싫은 걸까? 나같이 예쁜 아이한테 얼굴 가리고 살라는 건 명백한 인권 침해인데……."

한나가 마스크를 만지작거리며 조이에게 얼굴을 들이밀었다. 펄이 섞인 청록색 아이라인 때문인지 한나의 눈이 더 커 보였다.

"헥타드 팬데믹 때 온갖 일을 다 겪으셨으니까. 조심하고 예방하는 게 코찌보다 낫다고 생각하시는 거야. 그러니까……."

"오빠는 코찌가 1헥타르 반경 안에 있는 바이러스를 잡아낸다는 정부 발표 안 봤어? 그 정도면 완벽한 거지, 엄마는 늘 걱정을 사서 한다니까."

시민들 중에는 엄마처럼 방독 마스크를 고집하는 사람들이 있었다. 한나로서는 이해할 수 없는 일이긴 했다.

"불량품이 있을 수도 있고, 특이 체질이라는 것도 있으니까. 그렇게 완벽하다면서 어린애들에게는 마스크를 쓰라고 하는 것도 좀 그렇고."

웅얼대는 조이의 콧등에 옅은 주름이 잡혔다.

"그건 아이들 피부가 약해서 그런 걸 거야."

"난 솔직히 아이들이 제일 먼저 마스크를 벗어야 한다고 생각해."

조이가 이맛살을 찌푸리며 웅얼거렸다. 코찌5의 성능에 대해 자신한다면서 면역력이 약한 어린아이들을 장착 대상에서 제외한 기후 정부의 정책을 조이는 이해할 수 없었다. 방독 마스크를 쓰고 뛰어다니는 아이들을 볼 때마다 숨 쉬는 게 얼마나 갑갑하고 힘들까 싶어서 안쓰럽기까지 했다.

"코찌 성능이 계속 업그레이드되면 착용 연령도 점점 낮아지지 않을까?"

"변종 바이러스까지 감지할 수 있다는 거, 솔직히 좀 안 믿겨. 저 하늘도 일 년 전과 달라진 게 없잖아."

"오빠는 뭐든지 너무 부정적이야. 그러니까 여자아이들한테 인기가 없지."

한나가 조이에게 눈을 흘겼다.

"어, 저기 수호 오빠 아냐?"

조이는 수호 뒤를 따라오는 유진을 보는 순간 가슴이 철렁 내려앉았다. 수호가 팔을 밀쳐 내는데도 유진은 끈덕지게 들러붙었다. 저렇게 허여멀건한 범생이가 뭐가 좋다는 거야?

조이는 처음부터 수호가 밥맛없었다.

지난해, 코찌5를 장착하고 맨얼굴로 등교하던 첫날이었다. 교실로 들어서는 수호를 보고 아이들의 눈이 휘둥그레졌다. 조이는 호들갑을 떠는 아이들을 보며 콧방귀를 뀌었다.

"넌 왜 마스크 자국이 없는 거야?"

"설마 화장한 건 아니지?"

아이들의 얼굴에는 콧마루에서 볼을 지나 귀까지 이어지는 선명한 마스크 자국이 남아 있었다. 그건 하루 이틀 만에 지울 수 있는 게 아니었다.

더구나 국제 청소년 환경 연합 회원인 수호는 시위와 현지답사 같은 바깥 활동 때문에 누구보다 방독 마스크를 할 시간이 많을 테니 마스크 자국이 없다는 게 말이 안 됐다. 아이들은 부러운 눈으로 말끔한 수호의 얼굴을 쳐다보았다.

"난 학교 올 때 빼곤 늘 코찌를 장착하니까. 코찌5 임상 시험 대상자였거든."

아빠가 국가 영웅인 장근수 박사라는 걸 은근히 자랑하는 것 같아 조이는 절로 얼굴이 찡그려졌다.

"어쩐지! 너, 대단하다. 맨얼굴로 다녔다는 건데 안 무서웠어?"

"코찌5 성능이 완벽하게 검증된 거라 겁날 게 없더라고."

기후 정부의 발표보다 개발 때부터 임상 시험에 참여했고, 새 버전이 나올 때마다 제일 먼저 착용한다는 수호의 말이 코찌5에 대한 아이들의 신뢰도를 확 높였다.

"우리 엄마한테 코찌가 안전도 100%라고 전화 좀 해 줄래?"

"네 얼굴, SNS에 올려도 돼? 나도 얼룩덜룩한 얼굴에서 빨리 벗어나고 싶어."

일주일 내내 아이들은 수호에게 친한 척하는 것도 모자라 아부까지 떨었다.

목에 깁스라도 한 것처럼 뻣뻣하던 수호의 얼굴에 그늘이 드리워지기 시작한 것은 두 달 전부터였다. 장근수 박사가 아랍 출장 중 돌연 행방불명된 것 때문이었다. 장 박사의 생사가 불투명하다는 소문까지 돌았지만 사람들의 쑥덕거림은 일주일도 안 돼 사그라들었다.

"여긴 왜 왔을까?"

"에코센터에 볼일이 있나 보지, 뭐."

조이는 한나 말을 귓등으로 흘리며 수호 쪽으로 시선을 돌렸다. 어느새 수호도 유진이도 보이지 않았다.

"오빠, 너도 검수부 간다는 거 거짓말이지? 코찌가 고장 났다는 게 말이 돼?"

"세상에 100% 완벽한 건 없어. 기계라면 더 그렇고."

"솔직히 말해 봐. 나 감시하려고 온 거지?"

한나의 말에 조이는 찔끔했다. 아침 내내 한나가 엉뚱한 짓 할 것 같다며 안절부절못하는 엄마를 안심시키려 코찌를 고장 내고 여기까지 온 건 사실이니까.

한나에게 조금만 더 마스크를 하고 있으라는 말을 꺼내려는 순간, 워치폰이 울렸다. 빨리 오라는 검수부의 문자 메시지였다.

"나도 이제 다 컸으니까 걱정 말라고. 나중에 집에서 봐."

조이를 밀쳐 내며 한나가 무리 속으로 뛰어갔다.

#2

검수실 안으로 들어서던 조이는 낯선 풍경에 고개를 갸웃했다. 코찌5 개발자인 에코센터 직원들이 모두 방독 마스크를 하고 있었기 때문이었다.

"별 이상 없네. 도대체 어디가 고장 났다는 거야?"

모니터를 들여다보던 검수부 직원이 연신 투덜거렸다.

"진짜예요. 분명히 긴급 경보가 울렸다니까요."

"네가 말한 그 시각에는 아무 기록이 없었다니까 그러네."

"확실한 거예요? 어디 봐요."

조이가 따지듯이 말하며 모니터로 고개를 들이밀었다. 검수부 직원의 눈썹이 바짝 올라갔다.

"내가 확실하게 말할 수 있는 건 누군가 네 코찌5 프로그램을 건드렸다는 거야. 이런 현상은 해커들이 흔히 쓰는 수법인데, 설마……."

검수원이 안경 너머로 조이를 쏘아보았다. 마치 '난 네가 지난밤에 한 일을 알고 있다.'고 말하는 것 같은 눈빛이었다.

"오늘 말고도 여기 여러 번 온 것 같던데……. 다음에 또 이런 일이 생기면 우리가 집으로 가도록 하지. 코찌5가 아니라 다른 문제가 있는 것 같으니까."

"아뇨, 괜찮아요. 이상 없으면 됐어요."

조이의 목소리가 기어 들어갔다. 검수부 직원이 뒤에 서 있던 간호사에게 빨리 처리하라는 눈짓을 보냈다. 딴 데 정신이 팔려 있던 간호사가 허둥대며 코찌를 조이의 콧속에 집어넣었다.

"꼭 화장실 들렀다 가라."

검수원이 코찌만 믿지 말고 손 씻기를 꼭 하라며 군소리를 했다. 간호사가 서둘러 자동문 버튼을 눌렀다. 어서 꺼져 달라는 무언의 압력이었다.

'쳇, 괜히 겁주는 걸 누가 모를 줄 알고.'

조이는 곧장 화장실로 갔다. 소변기 앞에서 떠들던 직원 둘이 조이를 흘끔거렸다. 조이는 고개를 숙인 채 입구에 가까운 화장실 칸으로 들어갔다. 긴장이 풀려서인지 묵직하던 아랫배가 풀리며 오줌이 쏟아졌다.

문틈으로 소곤대듯 낮은 말소리가 들렸다. 조이는 문에 바짝 붙어 섰다.

"개, 또 왔던데?"
"박사님이 알아서 돌려보내시겠지."
"너도 진짜 어디 계신지 몰라? 장 박사님 밑에서 몇 년 일했잖아?"
"입이 무거운 분이셨어. 알아도 얘기하면 안 되지. 목이 두 개라면 모를까?"
"아랍에 출장 간다는 건 명분이고 분명 다른 데로 가신 거 맞지? 홍 박사님이 어떻게 한 거 아냐? 두 분 사이가 별로 안 좋았잖아."
"쉿! 말조심하라니까."
바깥이 잠잠해진 뒤에야 조이는 화장실에서 나왔다.

"밥도 안 먹고 저 난리다."
한나의 방에서 빠른 비트의 노래가 새어 나왔다.
"파티 때문이라는데 한번 봐주세요."
조이의 거드는 말에 엄마가 입술을 샐쭉했다.
은빛 망토를 걸친 한나가 콧노래를 흥얼거리며 방에서 나왔다. 위로 바짝 치켜 묶은 머리칼 때문에 뽀얗게 화장한 얼굴이 더욱 도드라져 보였다. 너무 튀지 않나는 엄마 말에 고대 여전사가 콘셉트라며, 한나는 계속 어깨를 들썩거렸다.
"벌써 가려고?"
"늦게 가면 좋은 자리 못 잡는다니까."
머리를 흔드는 통에 진주 코찌걸이가 달랑거렸다. 한나는 오늘 밤 파티 때문에 한강 고수부지가 터져 나갈 거라며 들떠 있었다. 코찌5의

새 장착자를 위해 에코센터와 기후 정부가 마련한 축하 행사였다. 조이도 지난해 그 파티에 갔다. 껌딱지처럼 붙어 있는 수호와 유진이한테 신경 쓰느라 파티가 어땠는지 기억도 나지 않았다.

"난 기후 정부에 별 불만 없지만 코찌는 아무래도 스무 살쯤 돼서 하는 게……. 얼굴을 내놓는 게 난 영 안심이 안 돼."

"마스크로 꽁꽁 싸맨다고 감염될 사람이 안 걸리나, 뭐? 외할아버지는 운동선수였는데도……. 난 운 좋은 아이니까 괜찮아."

엄마의 걱정을 단번에 묵살하는 발언이었다. 한나가 태어나던 해는 헥타드 팬데믹이 절정이던 때였다. 많은 사람들이 죽었고, 그 와중에 철인 3종 경기 선수였던 외할아버지도 돌아가셨다.

태아의 절반이 자연 유산되는 상황 속에서 한나는 생존율 25%라는 기적을 뚫고 살아났다. 하지만 심각한 대기 오염과 기후 위기 속에 태어난 출생아들의 호흡기 기능은 반세기 전 사람들의 75% 수준에 불과했다.

코찌5 시판을 앞두고 기후 정부 역시 장착 시기를 두고 논란이 많았다. 코찌5의 성능이 검증됐으니 신생아들에게도 시술하자는 여론은 가족 보건 기구와 인권 운동 연합의 거센 반대에 부딪혔다.

6개월간의 논의 끝에 코찌 착용 연령 기준은 면역 체계와 신체 발달 정도가 성숙 단계에 이르는 15세 이상으로 정해졌고, 50세 이상은 방독 마스크와 코찌5 중 하나를 선택할 수 있도록 했다. 대부분이 코찌5를 선택할 줄 알았지만 의외로 마스크를 계속 쓰겠다고 하는 사람들이 많았다. 일부 사회학자들은 헥타드 팬데믹을 겪은 세대일수록 과학 기술에 대한 불신이 깊기 때문이라고 해석했다.

"블루시안 스타일로 화장한 건데 어때?"

한나가 얼굴을 바짝 들이밀며 해죽거렸다. 실핏줄이 내비치는 한나의 얼굴은 요란한 모양의 타투 스티커에 가려져 있었지만, 눈빛만은 더없이 반짝거렸다.

엘리베이터 앞까지 따라간 엄마는 혹시 모른다며 마스크를 한나의 가방 안에 쑤셔 넣었다.

한나가 나간 후에야 조이는 컴퓨터 앞에 앉았다. 티티로부터 메일이 와 있었다. 티티(hjxlxl)는 메일로만 알고 지내는 해커 동아리 리더였다.

이틀 전 조이는 티티에게 에코센터 검수부에서 있었던 일에 대해 자세하게 적은 메일을 보냈다. 자기가 저지른 실수 때문에 해커 동아리의 실체가 들통나면 안 될 일이었다.

무슨 일 있나요? 혹시 킥 다운당하셨나요? 메일 내용만으로는 얼마나 심각한지 잘 모르겠지만, 당분간 자제하는 게 좋을 듯합니다.

킥 다운은 해킹을 들켰다는 우리들만의 암호였다. 티티의 메일에 조이는 안도의 한숨을 내쉬었다. 한 번도 얼굴을 보진 못했지만 티티는 조이를 해커의 세계로 인도해 준 사람이었다. 몇 살인지, 어디 사는지 모르지만 해킹에 대해서라면 리더로 추앙받을 만큼 완벽했다.

#3

조이가 티티를 알게 된 건 순전히 아빠 때문이었다. 3년 전 기후학자들의 경고를 증명하듯 엄청난 해일과 연이은 초대형 지진으로 안전지대였던 수도권까지 쑥대밭이 됐다. 지진이 할퀴고 지나간 후 수도권 인근의 초고층 아파트는 대대적인 해체 작업이 이루어졌다. 거듭된 자연재해로 지난 수십 년 동안 고층 아파트들은 도시의 흉물로 방치돼 왔다. 아파트 해체 작업은 몹시 위험했지만 생명 수당과 임금이 높아 한 번 발 담은 사람이라면 쫓겨나지 않으려고 몸을 사렸다. 아빠도 그런 사람 중 하나였다.

그날, 아빠와 함께 작업 중이던 아저씨는 아침부터 몸이 안 좋았다. 연신 기침을 쏟아 내고 체온까지 높아 작업반장이 조퇴를 권했다. 아저씨는 코찌5의 경고음이 없는 걸 보면 며칠 야근해서 몸살이 온 거라며 얼버무렸다. 지켜보던 아저씨들도 흔한 일이라며 건성으로 넘겼다.

가슴 통증을 호소하며 아저씨가 쓰러진 건 퇴근 무렵이었다. 코찌5의 경보음이 없었으니 에코센터의 구급대도 오지 않았다. 아빠가 119에 신고를 하고서야 구급차가 도착했고, 다음 날 작업장 인부들이 모두 에코센터로 실려 갔다. 바이러스 발병은 아니지만 만약을 위한 검사라며 반강제로 격리 시설에 보내졌다. 가족들에게 아무 연락이나 통보도 없이 일주일이 지나갔다. 헥타드 팬데믹으로 외할아버지를 잃은 엄마는 걱정으로 바짝바짝 말라 갔다. 그런 엄마를 지켜보는 조이의 마음도 편치 않았다.

가만히 손 놓고 있을 수 없어 에코센터 게시판에 사연을 올렸다. 에코센터를 비난하는 것도, 코찌5에 대해 의문을 제기하는 글도 아니었다. 그냥 아빠의 안부가 궁금하니 알려 달라는 것뿐이었는데, 곧장 온갖 욕설과 비방이 섞인 댓글이 우르르 올라왔다.

└→ 에코센터의 국민적 신뢰를 깨는 개쓰레기 같은 말이네요.

└→ 반정부 세력에게 조종당하고 있는 거 아닙니까?

└→ ㅉㅉ. 당장 삭제하지 않으면 뭔 일 생겨도 책임 못짐!

아빠의 안부를 궁금해하는 게 이렇게 궁지로 몰릴 만한 일인가 싶어 조이는 화가 치밀었다. 아무리 찾아봐도 중학생이었던 조이가 할 수 있는 일은 없었다. 초조하게 에코센터의 연락을 기다리는 것 이외에는. 그러다 티티로부터 메일을 받았다.

아마추어 해커이긴 하지만 나름 게임 코딩 정도는 자유자재로 할 줄 아는 조이의 비밀을 알고 접근한 듯했다. 초보라면 이해할 수 없는 메일 내용 때문에 그런 의혹은 더욱 짙어졌다. 티티의 메일에는 에코센터 홈페이지에 들어가서 아빠가 어디 있는지, 상황이 어떤지를 알아볼 수 있는 구체적인 방법이 상세하게 적혀 있었다.

메일 끝에는 30분 안에 메일을 삭제하라는 말이 덧붙어 있었다. 도대체 무슨 마음으로 그런 메일을 보냈는지 캐 볼 겨를도 없었다.

티티가 알려 준 대로 에코센터 홈페이지에 접속한 조이는 아빠에 관한 정보부터 해킹했다. 역시나 '감염 의심자'라는 기록이 나왔다. 아빠의 격리는 당연한 일이었다.

"아빠, 그냥 검사해 보는 거래요."

확진 판정이 난 것도 아닌데 굳이 사실을 말할 필요는 없었다. 조이는 아빠가 곧 집으로 돌아올 거라는 메시지를 엄마한테 내밀었다. 물론 약간의 페이크 기술을 이용해 만든 가짜 문자 메시지였다.

"정말?"

"거봐. 에코센터는 믿을 만하다니까."

엄마 얼굴에 화색이 도는 걸 보고 한나의 눈초리가 매초롬해졌다.

그 후 조이는 에코센터뿐만 아니라 기후 정부 홈페이지를 들락거리게 됐다. 모두 티티의 조언 덕분이었다. 한번 보자는 문자를 여러 차례 보냈지만, 그는 해킹될 수 있으니 또다시 이런 문자를 보내면 연락처를 삭제하겠다며 번번이 으름장을 놓았다. 기분 나쁜 일이었지만, 조이는 그런 티티의 단호함에 더 호감이 갔다.

사람들이 코뚜레라고 부르며 자랑스러워하는 코찌5의 비밀을 알아낸 것도 해킹 덕분이었다. 전자 고문서 전시관 사이트에서 19세기 생활사 박물관에 실린 코뚜레 내용을 발견한 것이다.

코뚜레는 소의 두 콧구멍 사이를 막고 있는 얇은 막인 코청을 뚫어 끼우는 나무 고리였다. 소가 자라면서 점점 힘이 세지고 마음대로 부리기가 어려워지기 때문에 코뚜레를 끼워 소를 통제하고 길들여 노동력을 최대치로 끌어올리기 위해 만들었다는 것이다.

살아 있는 동물에게 생나무를 끼우다니, 그 글을 읽을 때는 코언저리가 얼얼했다. 코찌5도 기후 정부와 에코센터가 사람들에게 끼운 코뚜레가 아닐까 싶어 기분이 언짢았다.

조이를 더욱 놀라게 한 건 코뚜레라는 말이 유행하자 기후 정부가 옛 문헌에서 관련 정보를 모두 삭제하고 새로운 내용으로 바꾼 것이었다.

수천 년 전 엘도라도라는 황금 도시에 살던 사람들은 자신의 부와 아름다움을 과시할 목적으로 코걸이를 하고 다녔다. 그 유행은 곧바로 이웃 나라로 전해져 코걸이는 수천 년 동안 이어졌고, 곳곳에 벽화로 남겨졌다.

그렇게 코뚜레는 억압과 통제의 수단이 아니라 부와 아름다움의 상징으로 바뀌게 되었다. 한술 더 떠 기후 정부는 청소년들의 민낯에 대한 권리 투쟁을 등에 업고 코찌5가 청소년들의 상징물이 될 거라며 아이들을 부추기기까지 했다.

한나가 돌아와야 할 시각이 한참 지났는데 바깥이 조용했다. 티티에게 당분간 얌전하게 있겠다는 답장을 보낸 후 조이는 책상에서 일어났다. 거실로 나가 보니 엄마는 소파에 엉덩이만 걸친 채 넋 놓고 앉아 있었다. 한나에게 무슨 일이 벌어진 게 분명하다며 경찰에 연락해야 하는 거 아니냐고 걱정했다.

“오늘은 내 생애 최고의 날이었어. 제일 환상적인 게 뭔 줄 알아? 그 애한테서 내가 제일 예쁘다는 말을 들은 거야. 진즉에 코찌5를 했으면 좋았을 텐데…….”

자정쯤 돌아온 한나는 자기 인생 최고의 파티였다며 한참을 떠들고서야 제 방으로 들어갔다.

#4

한나의 외출이 부쩍 잦아졌다. 말은 친구들을 만난다고 했지만 매일 코찌걸이가 달라지고 화장이 짙어지는 걸 보면 고수부지에서 만난 남자아이와 데이트를 하는 눈치였다.

수호가 학교에 나오지 않은 것도 그 무렵부터였다. 일주일도 더 지났지만 아무도 수호를 궁금해하거나 걱정하지 않았다. 예전부터 현지답사나 시위 때문에 결석할 때가 많아서 더 그런 것 같았다.

교실에 들어서는 담임 선생님을 보자마자 유진이 뛰쳐나갔다. 수호의 행방을 캐묻는 유진의 목소리가 떨렸다.

"어디 간다 그러던데……."

"어디요?"

"그건 개인 정보라 얘기해 줄 수 없지."

돌아서는 유진과 눈이 마주치자 조이는 얼른 고개를 떨궜다.

수업이 끝나 갈 무렵 유진이 '틴네이션'에서 보자고 했다. 그곳은 학교 앞에 있는 청소년 전용 카페였다. 유진과의 첫 만남이 고작 그런 밋밋한 곳이라니.

"코찌5는 안전한 매일을 위해 최선을 다하겠습니다!"

카페 문을 열자 기다렸다는 듯 안내 멘트가 흘러나왔다. 곳곳의 스크린에는 기후 위기를 극복하기 위해 벌인 기후 정부의 다양한 활동을 담은 홀로그램 영상이 계속 돌아갔다.

카페 안은 아이들로 시끌시끌했다. 코찌걸이 위아래로 확연하게 구분되는 얼굴색 때문에 얼마 전 코찌5를 새로 장착한 아이들이라는 걸

한눈에 알 수 있었다. 조이는 그제야 유진이 이 카페를 택한 이유를 알 것 같았다. '틴네이션' 안에 있으면 눈에 띌 일이 없었다. 조이 역시 코찌5를 장착했던 그 무렵에는 여러 번 이곳에 왔다. 석 달도 안 돼 시들해졌지만. 갈 데가 시내에 널려 있기도 하고 고만고만한 애들끼리 모여 시시껄렁한 이야기로 시간 죽이는 게 시시했다.

여기저기 둘러보아도 한나는 보이지 않았다. 한나라면 진즉부터 시내 카페에 들락거릴 게 뻔했다. 카페 유리 진열장 앞에 아이들 몇이 달라붙어 있었다. 최신 유행을 좇는 갖가지 코찌걸이는 아이들의 시선을 끌기에 충분했다.

조이는 2층 창가에 자리를 잡고 바깥을 내다보았다. 금방이라도 유진이 문을 밀고 들어올 것 같아 가슴이 쿵쾅거렸다.

'무슨 일로 보자는 거지? 설마 수호 얘기?'

두근거리던 마음은 수호에게 생각이 닿자 차갑게 식었다.

유진은 30분이나 지나서야 나타났다. 조이에게 손짓을 보낸 후 카운터로 향했다. 아차 싶어 조이가 허겁지겁 뛰어 내려갔지만 벌써 유진의 손에는 산소 커피 두 잔이 들려 있었다.

"내가 사려고 그랬는데……."

"누가 사면 어때? 오늘은 부탁하는 입장이니까 당연히 내가 사야지. 커피 괜찮지?"

환하게 웃는 유진의 얼굴에 볼우물이 깊게 패었다. 사파이어가 박힌 코찌걸이가 살랑거렸다.

"갑자기 만나자고 그래서 놀랐어?"

"조금."

조이의 목소리가 떨렸다. 잠깐만 기다리라며 유진이 가방 속에서 무언가를 꺼냈다. 손안에 들어갈 만큼 작은 상자였다. 조이는 상자에 자꾸 눈길이 갔다.

"넌, 수호가 별로야?"

뜬금없는 유진의 질문에 조이의 얼굴이 벌겋게 달아올랐다. 무방비 상태에서 가슴을 푹 찔리는 기분이었다.

"수호는 널 좋아하는 것 같던데?"

설마! 딱 한 번 수호가 지나가듯 말을 건 적이 있긴 했다.

"너, 대단하더라. 완전 고수던데……."

밑도 끝도 없는 말이라 놀리나 싶어 조이는 더 기분이 나빴다. 뭐가? 라고 물어보기도 전에 수호는 벌써 유진이 옆에 가 있었다.

"수호를 마지막으로 본 게 언제야?"

사람 싫어하는 데 무슨 이유가 있겠냐고 쏘아붙이는 대신 조이는 불쑥 딴말을 했다. 수호의 실종과 관련된 이야기라면 짧게 끝내고 싶었다.

"열흘 전에. 갑자기 수호가 집에 찾아왔어. 아빠한테 할 얘기가 있다면서. 아빠가 좀 놀라는 눈치긴 했지만……. 아빠 방에서 30분쯤 있다가 나왔는데 수호 얼굴이 들어올 때보다 밝아서 마음이 놓였거든."

유진이 보물 다루듯 상자에서 손을 떼지 않았다. 조이의 마음이 불퉁거렸다.

"이것도 그날 받은 거겠네?"

"엄마가 저녁 먹고 가라는데도 바쁜 일이 있다며 뛰쳐나가더니 아빠 방에 워치폰을 두고 왔다고 인터폰을 한 거야. 엘리베이터 앞에서 기다린다고 해서 금방 가지고 내려갔는데……, 다짜고짜 이걸 너한테 전해 달라고 그랬어."

"왜 나한테?"

"그걸 나도 잘 모르겠어. 넌 짚이는 거 없어?"

조이는 고개를 절레절레 흔들었다. 매일 붙어 있는 네가 더 잘 알지 않아? 그런 말을 꾹 누르면서.

"일부러 워치폰을 놓고 간 것 같아. 순전히 내 생각인데 아무래도 이거랑 수호 실종이랑 관련 있는 것 같아."

유진의 얼굴이 흐려졌다. 별로 친하지 않았지만 자기한테 직접 줘도 될 걸 유진이 손을 빌린 이유는 뭘까? 홍 박사가 아니라 유진이한테 할 말이 있었던 건 아닐까? 수호의 속내가 좀체 짚이지 않았다.

"박사님한테는 수호 얘기했어?"

"잘 모르겠다고 그러셔. 아빠 만나러 가지 않았겠냐는 말씀도 하시고."

잔뜩 심각한 유진을 보며 조이는 상자를 집어 들었다. 상자 겉면에 알파벳과 숫자가 뒤섞인 등록 번호가 적혀 있었다.

"그건 수호가 임상 시험 참여했을 때 했던 코찌5야. 지금까지 갖고 있을 거라고는 생각도 못 했어."

"이걸로 가능할지 모르겠지만 하여튼 방법을 찾아볼게."

"고마워. 내가 도울 일 있으면 언제든지 말해 줘."

유진의 얼굴에 희미한 웃음이 번졌다. 조이는 열흘 전에 받은 코찌를 왜 이제야 주는지 그 이유를 묻지 못했다. 겨우 유진이 자신에게 관심을 보이는데 곤란한 질문으로 좋은 분위기를 깨고 싶지 않았다. 코찌를 핑계로 유진을 볼 기회가 늘어날 거라는 생각에 공연히 가슴이 울렁댔다.

아파트 입구에 들어서자 에코센터 구급차가 집 앞에 서 있었다. 낯선 풍경에 조이의 걸음이 빨라졌다. 잠시 후 비상 엘리베이터가 멈추고 들것을 따라 나오는 엄마와 아빠가 보였다.

"한나한테 무슨 일 있어요?"

며칠 전부터 한나가 자주 밭은기침을 쏟곤 했다. 코찌5를 한 후 하루가 멀다 하고 백화점으로, 카페로 쏘다니는 걸 알았지만 말린다고 들을 아이가 아니었다.

"구급대원이 폐렴 같다고 하는데……."

엄마와 아빠가 따라나서자 가족들의 동행은 안 된다며 구급대원이 단호한 표정을 지었다. 구급차는 한나만 태운 채 재빨리 골목을 빠져나갔다.

"폐렴이면 병원에 가야지, 왜 에코센터로 간대요?"

조이의 말에 아빠의 숨소리가 거칠어졌다.

"안 되겠다. 직접 가 봐야겠어."

아빠가 자가용을 끌고 나왔다. 차 안에서 계속 연결을 시도했지만 에코센터 응급실 전화는 대기하라는 알림 메시지만 반복했다. 에코센터가 보이자 차 안에 가만히 앉아 있을 수 없었다.

“제가 먼저 가 볼 테니까 아빠는 주차하고 오세요.”

조이는 소리치며 에코센터 쪽을 향해 달렸다. 에코센터 앞에는 구급차를 따라온 어른들이 웅성대고 있었다.

“신종 바이러스가 발생한 건 아니겠죠?”

“설마요? 우리 아들은 기침도 안 하고 열도 없었어요. 헥타드 때도 별 탈 없이 잘 버틴 아이라고요.”

“코찌 경보음도 울리지 않았어요. 전염병이 생겼다면 벌써 속보도 뜨고 난리 났겠죠?”

말은 그렇게 하면서도 다들 불안한 얼굴이었다. 잠시 후 직원으로 보이는 사람이 걸어 나왔다.

“신종 바이러스가 발생한 거요?”

아빠가 헐떡거리며 숨을 몰아쉬었다.

“신종 바이러스라는 아무 증거도 찾지 못했습니다. 가벼운 독감 바이러스가 분명하겠지만 작은 일에도 신중하게 대처한다는 게 에코센터의 방침입니다……. 결과가 나올 때까지 계속 이러고 계실 건 아니죠? 집에 돌아가 계시면 바로 연락드리겠습니다.”

직원은 공손했다. 에코센터의 예방 지침을 들어 조곤조곤 설명하는 데는 어쩔 도리가 없었다. 사람들이 하나둘 자리를 떴다.

“저 사람 말대로 찬바람을 오래 쐬어 그런 걸 거야. 별일 없을 테니 걱정하지 말자.”

아빠가 엄마를 안심시켰지만 조이는 이상하게 불안했다. 두 시간이 지나서야 에코센터로부터 한나는 정밀 검사 때문에 당분간 센터에 있을 거라는 연락이 왔다.

#5

"수호 있는 데는 좀 알아봤어?"

교실에 들어서는 조이를 보고 유진이 득달같이 달려왔다.

"곧 찾을 수 있을 거야."

조이는 유진의 눈을 피하며 우물댔다. 사실 늦게 찾을수록 유진과 자주 말을 섞을 수 있을 것 같아 뭉그적대고 있었다. 게다가 며칠 동안은 한나 일 때문에 딴 데 신경 쓸 틈이 없었다. 아무 증상도 없다면서 한나는 집에 돌아오지 못하고 있었다. 아빠가 통화라도 하게 해 달라고 사정했지만 에코센터에서는 이 핑계 저 핑계를 대며 대답을 미뤘다.

"우리가 한 코찌는 멀쩡한데……. 성능이 향상됐다는 것도 거짓말 아냐?"

한나와 같은 학년에서 세 명이 더 에코센터로 실려 갔다는 말에 교실 안이 더 술렁댔다.

"우리 옆집 애도 실려 갔어. 걔는 원래부터 호흡기 장애가 있긴 했지만, 별일 아니겠지?"

"에코센터 다니는 우리 삼촌도 일주일째 집에 못 들어오고 있대. 만약의 경우를 대비한 거라는데 영 찝찝해."

"정말 수상하지 않아? 에코센터는 그렇다 해도 정부에서는 너무 조용한 거 아냐? 어떤 식이든 입장을 밝혀야 하는 거 아니냐고!"

불안감으로 뒤숭숭한 교실 공기는 좀체 가라앉지 않았다. 한나는 언제 돌아오는 걸까? 수업 시간이 한참이나 지나서야 담임 선생님이 교실로 들어왔다. 무엇이라도 읽어 내려는 듯 눈알을 요리조리 굴리며 연신 헛기침을 했다.

"다들 걱정이 많겠지만 유언비어에 흔들리지 않았으면 한다."

"아이들이 실려 가는 걸 두 눈으로 봤는데, 그게 무슨 유언비어예요? 팩트지!"

"에코센터에서 전염성이 약한 독감 바이러스인 데다 다행히 일찍 발견돼 금방 해결될 거라고 하니 안심해도 돼. 건강하면 아무리 독한 바이러스라도 끄떡없는 법이지. 그러니까 운동 열심히 하고……. 내일 학교에 나올 때는 마스크도 갖고 와라. 만약이라는 게 있으니까."

"가벼운 독감이라면서요? 우리 가족은 모두 코찌 해서 마스크 같은 거 없어요."

"얼마나 불편한데요. 전 이제 마스크 못 쓰겠어요."

한 아이가 불퉁거리자 여기저기에서 불만이 터져 나왔다. 수십 년 전 코로나 팬데믹 때 쓰고 버린 마스크들이 아직 썩지도 않았다. 그 후 쓰게 된 반영구적인 플라스틱 방독 마스크는 얼굴 안면을 기형적으로 만든다는 여론 때문에 한때 생산이 중단되기도 하고, 결정적으로 '민낯에 대한 권리' 운동에 불을 지피는 계기가 되었다. 쌓이고 쌓인 불만은 코찌5의 등장으로 단숨에 수그러들었다. 몇몇 기후학자와 세균학자들만이 코찌5에 대한 무조건적인 신봉은 돌이킬 수 없는 재앙이 될 거라고 목소리를 높였지만 금방 잊혀졌다.

에코센터 구급차가 운동장에 나타난 것은 3교시가 끝날 무렵이었다. 무슨 일이냐며 창문 쪽으로 가던 회장이 갑자기 고꾸라졌다. 코찌 5의 경고음은 울리지 않았다. 아이들의 웅성거림 때문에 못 들었나 싶어 조이는 얼른 워치폰을 확인했다. 워치폰에 적힌 미세먼지 농도는 보통 범위인 80㎍/m³였고, 산소 지수도 어제와 별반 다르지 않았다.

"회장이 쓰러졌어. 면역력 테스트에서 늘 최고점이었는데……."

어떤 상황에서도 절대 쓰러지지 않을 아이로 꼽힐 만큼 건강한 아이였다. 틈만 나면 왕(王) 자가 드러나는 복근을 들춰 보이며 근육량을 늘리는 게 면역력을 키우는 최고의 비결이라며 떠들었는데……. 교실 안에 숨 막히는 긴장감이 감돌았다.

"뭐가 잘못되고 있는 거 맞지?"

유진이 걱정스러운 얼굴로 조이를 빤히 쳐다보았다. 아이들이 우왕좌왕하는 사이, 구급대원이 다급하게 교실로 들어왔다. 회장이 들것에 실려 나간 후 담임 선생님이 허둥대며 교실로 돌아왔다.

"오늘 수업은 여기까지다. 한 명도 남지 말고 모두 귀가하도록."

"무슨 일인데요? 아무 일 아니라면서요? 우리도 어떻게 된 건지 알 권리가 있어요. 아무런 해명 없이 학교 밖으로 쫓아내는 건 수업권 침해, 교권 남용 아닌가요?"

유진이 눈을 치켜뜨며 따져 물었다.

"나도 지금 이 상황에 대해서는 아는 게 없어. 너희가 집에 도착할 때쯤엔 모든 게 밝혀질 테니까 소식 듣는 대로 알려 줄게."

머뭇대며 서 있던 아이들은 담임 선생님이 다그치는 통에 복도 쪽으로 밀려났다. 투덜거리며 교실을 빠져가는 아이들 틈에 유진이 멍하니 서 있었다.

'코찌5랑 수호가 사라진 게 무슨 관계가 있는 걸까? 수호만큼 코찌에 대해 잘 아는 아이도 없는데.'

하얗게 질린 유진이 때문에 조이는 아무 말도 못했다. 쓰러진 아이들은 하나같이 한나와 마찬가지로 최근에 새로 나온 코찌5를 장착했다. 회장도 얼마 전에 업그레이드된 코찌5로 바꿨다고 자랑했던 기억이 났다. 조이는 빨리 에코센터에 들어가 봐야겠다는 생각에 마음이 급해졌다. 당분간 해킹을 자제하겠다는 티티와의 약속을 지킬 여유가 없었다.

현관에 들어서자마자 조이를 쫓아오며 엄마가 무슨 일 있었냐고 캐물었다. 조이는 방역 때문에 단축 수업을 했다며 대충 둘러댔다.

"에코센터 홈페이지에 들어가면 한나에 대해 뭘 좀 알 수 있지 않을까?"

"제가 들어가 보고 특별한 게 있으면 알려 드릴게요."

등을 떠미는 듯한 조이의 말에 엄마는 뭉그적대다 방을 나갔다.

컴퓨터를 켜고 에코센터 홈페이지로 들어갔다.

깨끗한 지구, 전염병 없는 지구를 위해 노력하는 기후 정부, 시민 여러분의 지지와 성원에 감사드립니다.

에코센터 홈페이지 어디에도 며칠 전 한나 일이나 오늘 학교에서 있었던 일에 대한 언급이 없었다. 더 이상한 것은 일반 게시판에 하루에도 수백 개씩 올라오던 코찌5 사용 후기조차 업데이트된 게 없다는 점이었다. 찜찜했다. 한나와 회장이 쓰러진 게 수호의 행방불명과 관계있는 걸까? 조이는 서랍에서 상자를 꺼낸 후 에코센터 관리 시스템에 접속했다. 마른침을 삼키고 또박또박 코찌5 제품 번호를 입력했다. '미등록 제품'이라는 문구에 이어 '폐기 처분'이라는 붉은색 글씨가 차례로 떴다.

제품 상세 페이지에는 초미세 먼지 농도 측정 기능, 산소 지수 알림 기능, 맞춤형 백신 투여 알림 기능, 바이러스 감지 기능, 위기 알람 기능, 구급 센터 접속 기능이 탑재돼 있다고 적혀 있었다. 이 정도의 성능이라면 기후 정부가 자부심을 가질 만하다 싶었다.

'이걸로 뭘 찾아내라는 거지?'

컴퓨터와 코찌를 번갈아 보았지만 수호의 의중을 읽어 낼 어떤 단서도 없었다. 더구나 폐기 처분된 제품이라는 문구를 볼 때는 잘난 척하던 수호 얼굴이 떠올라 짜증까지 일었다. 아무리 생각해도 수호와 에코센터로 실려 간 아이들의 공통점은 새로 업그레이드된 코찌5를 장착했다는 것뿐이었다. 일단 뭐든 해 봐야겠다 싶어 학교 홈페이지에 들어가 수호의 시민 번호를 해킹했다.

그런 다음 다시 에코센터의 관리 시스템에 들어갔다. 에코센터에서는 코찌5 장착자를 개별적으로 관리했다. 수호의 시민 번호를 입력했다. 폐기 처분된 코찌5와는 달리 새 버전의 코찌5에는 위치 추적 기능이 있었다. 워치폰으로도 충분할 텐데 굳이 위치 추적 기능을 추가한 이유가 뭘까? GPS 시스템과 연동하니 수호는 에코센터에 있는 것으로 나와 있었다. 이게 말이 돼? 홍 박사가 유진에게 거짓말까지 하면서 감추려는 건 뭘까?

조이는 워치폰을 켰다. 유진에게 어디까지 얘기해야 하나? 복잡한 마음으로 번호를 눌렀다. 몇 초간 신호음이 울리더니 이내 연결되지 않는다는 음성 안내가 들렸다. 몇 번이나 시도했지만 마찬가지였다.

분명 담임 선생님은 가벼운 독감 바이러스라고, 그것도 확정적이지 않다고 하지 않았던가? 도대체 수호는 왜 에코센터에 있는 걸까? 한나와 수호의 코찌5 데이터를 보면 이유를 알아낼 수 있다는 데 생각이 미쳤다. 조이의 가슴이 빠르게 뛰었다. 조이는 2주 동안 수호의 코찌5에 기록된 초미세 먼지 농도 변화 추이를 그래프로 만들고 다른 기능들도 똑같은 방식으로 그렇게 했다. 한나의 시민 번호를 넣고 각 항목별로 2주 동안의 변화 추이를 그래프로 저장했다.

두 개의 창에 한나와 수호의 그래프가 뜨는 순간, 조이의 몸이 앞으로 쏟아지며 헉 소리가 튀어나왔다. 완벽하게 똑같았다. 산소 지수도 초미세 먼지 농도 데이터도 같았다. 일주일간은 같은 장소에 있으니 데이터값이 똑같을 수 있어도 이전 일주일 동안의 데이터가 똑같은 건 도저히 이해되지 않았다. 수호가 유진의 집에 방문한 날과 한나가 쓰러진 날은 무려 열흘이나 시간차가 있었다.

조이는 학교 홈페이지에서 알아낸 유진과 회장의 시민 번호로 똑같은 작업을 되풀이했다. 역시나 위치만 다를 뿐 코찌5 데이터는 똑같았다. 조이는 혹시나 싶은 마음에 자신의 시민 번호를 입력했다. 오차 없이 똑같았다. 조건이 다른데도 데이터값이 같을 가능성은 한 가지뿐이었다. 무슨 이유에서인지 코찌5의 전자 감지 센서가 작동되지 않았고, 그걸 감추려고 에코센터는 코찌 5의 데이터를 조작하고 있다는 것.

조이를 더욱 혼란스럽게 만든 것은 제품 페이지의 비고란에 적힌 내용이었다. 영어 약자로 쓰여 있는 다섯 줄의 글자. 그 이상한 문구 위로는 네모진 붉은 스탬프 칸 안에 '요주의 인물'이라는 뜻이 분명한 'a security risk'라는 붉은 도장이 찍혀 있었다. 한나와 유진, 회장의 제품 상세 페이지에는 없는 내용이었다.

조이는 암호 해독 사이트에 들어갔다. 비고란에 적힌 영어 약자를 한 줄 한 줄 복사해 넣었지만 해독 불능이라는 메시지만 계속 떴다. 에코센터 같은 데서 그렇게 쉽게 해독될 암호를 썼을 리 없다는 생각이 들고서야 포기했다.

조이는 티티에게 암호 해독이 불가능하다는 내용과 함께 다섯 줄의 암호문을 붙인 메일을 보냈다. 그게 에코센터에서 발견한 암호라는 말은 뺐다. 새벽 1시까지 기다렸지만 티티에게서는 아무런 응답이 없었다. 예전 같으면 한 시간, 적어도 두 시간 안에 답메일을 보냈을 티티였다.

무슨 일이 생긴 걸까? 다시 한번 유진에게 전화를 걸었지만 여전히 연결되지 않았다. 똑같은 데이터, 수상한 암호, 에코센터 격리실에 있는 수호와 한나……. 조이는 깊은 수렁에 빠진 기분이었다.

#6

다음 날, 유진은 다짜고짜 조이를 바깥으로 끌고 나갔다. 엊저녁 속 끓인 게 생각나 조이는 좋은 얼굴을 할 수 없었다.

"미안, 미안. 어제 전화했지? 아빠가 그러는데 유심칩이 망가졌대."

유진은 물에 빠뜨린 것도 아니고 바닥에 떨어뜨린 적도 없는데, 왜 그렇게 됐는지 알 수 없다며 억울한 얼굴이었다. 미안해 죽겠다는 유진에게 계속 삐딱하게 굴 수 없어 조이는 어색하게 웃었다.

"지금 수호는 에코센터 격리실에 있어. 그걸 알리려고 코찌5를 준 것 같아."

"말도 안 돼. 아빠는 수호가 어디 있는지 모른다고 하셨어. 혹시 네가 잘못 안 거 아냐?"

유진이 그러는 게 당연하다 싶어 조이는 얼른 말꼬리를 돌렸다. 수호의 코찌에서 알아낸 것과 암호에 대해 털어놓자 유진의 얼굴이 새하얗게 질렸다.

"내 것도 물론 봤을 테지? 나한테는 물론 비밀 암호 같은 건 없을 테고."

뭔가 짚이는 것이라도 있는 걸까? 유리창 너머 하늘에는 에어클린 드론이 긴 비행운을 만들며 서서히 움직이고 있었다. 하루에도 몇 번씩 날아다니는 드론을 볼 때는 든든한 마음이 들기도 했는데 이젠 아니었다.

"정말 저 드론이 공기를 깨끗하게 해 줄까?"

유진이 혼잣말처럼 중얼거렸다.

"그러게. 사람들은 왜 과학 어쩌고 그러면 아무 의심 없이 믿어 버리는 걸까? 이젠 기후 정부와 에코센터의 말도 곧이곧대로 들리지 않아."

홍담 박사의 딸 앞에서 그런 얘기를 하다니, 조이는 할 수만 있다면 뱉은 말을 주워 담고 싶었다. 먼지 덩이를 삼킨 것처럼 속이 거북했다.

"네 말에 동감이야. 참, 그 암호 나한테 적어 줄 수 있어? 아빠한테 여쭤 보면 알 수 있을 것 같아."

"해킹한 게 들통날 텐데……."

"네가 알아냈다는 건 말하지 않을게. 수호한테 받았다고 하면 아빠가 어떤 얼굴을 할지 궁금해."

싱긋 웃기까지 했지만 어딘가 어설펐다.

그날, 한나가 집으로 돌아왔다. 거의 3주 만이었다.

"급성 진폐증이라니 말이 되니? 그거, 폐 섬유증 같은 거잖아?"

말도 안 된다며 엄마가 펄쩍 뛰었다. 진폐증은 20세기 중반, 화석 연료가 에너지원으로 쓰였던 시대에 석탄을 캐던 광부들에게 나타나는 직업병이었다. 기후 정부 구성 이후 모든 화석 연료의 채굴이 금지되었으니, 한나가 사전에나 나올 법한 병에 걸렸다는 게 어이없었다.

"폐 섬유증은 코비드 시대에도 있던 질병이야. 물론 그걸로 사망한 사람은 없었으니 너무 걱정하지 말자고. 덕분에 고기 통조림도 받으니 좋은 게 좋은 거라고 생각합시다."

아빠가 일주일에 두 차례 고기 통조림과 영양식을 보내 준다는 문자를 들이밀고서야 엄마의 튀어나왔던 입이 조금 들어갔다.

오랫동안 행방불명됐던 장근수 박사로 추정되는 시체가 발견돼 온 나라를 충격에 빠뜨리고 있습니다. 과학 수사대는 현장에서 발견된 유서와 신분증을 근거로 자살로 결론지었습니다. 수사 경과를 전달받은 기후 정부는 코찌5 개발과 보급에 공헌한 고인의 죽음에 깊은 유감과 함께 애도를 전한다고 발표했습니다. 또 고인의 유가족에게 소식을 전할 방법에…….

갑자기 수업이 중단되더니 교실 모니터에 속보가 떴다. 수업 중에 이런 속보가 뜨는 것은 전에 없는 일이었다.

"수호는 대체 어디 있는 걸까?"

"장 박사님 돌아가신 때와 수호와 연락 끊긴 게 비슷한 시기 아니었어?"

"그럼 수호가 알고 있다는 거야?"

속보 때문인지 아이들의 관심이 온통 수호한테로 쏠렸다. 선생님이 들어오는 것도 아랑곳 않고 떠들어 댔다. 그 모습을 지켜보는 조이도 심란하기는 마찬가지였다. 아침에 확인했을 때도 수호는 여전히 에코센터에 있었다.

"너, 그건 왜 안 물어봐?"

암호 이야기를 먼저 꺼낸 건 유진이었다. 유진이 그렇게 빨리 알아낼 거라는 기대조차 없었다. 에코센터의 기밀이나 마찬가지인데 아무리 돈독한 부녀지간이라도 쉽게 털어놓을 수 없을 거라 막연히 짐작하고 있었다.

유진은 암호를 하나하나 짚어 주며 위치 추적 기능 삭제, 해킹 여부 조사, 코찌5 재점검, 감시 기능 추가 등 에코센터만의 전문 용어라고 했다. 수호의 코찌5 기록에도 똑같은 게 적혀 있다는 말은 하지 않았다. 아무래도 수호가 그걸 알려 주기 위해 코찌5를 줬을 거라는 생각이 들었기 때문이다.

"에코센터에 가 봐야겠어. 수호를 만나면 실마리를 찾을 수 있을 것 같아."

"어떻게 들어가려고?"

"생각해 둔 방법이 있어."

조이는 코찌5에 악성 바이러스를 심을 계획이었다. 한 번만 더 걸리면 가만있지 않겠다는 검수부 직원의 말이 떠올랐지만 에코센터에 들어갈 방법은 그것밖에 없었다.

"내가 도와줄게. 격리실에 들어갈 방법은 있고?"

조이가 생각한 방법을 이야기하자 유진은 그렇게 간단한 일이 아닐 거라며 에코센터 보안 시스템을 뚫는 건 자기한테 맡기라고 했다. 조이는 마지못해 고개를 끄덕였다. 유진이 곤란해질지도 몰랐지만 지금은 믿을 수 있는 사람이 유진밖에 없었다.

"우리 아빠는 장 박사님 팀에 있던 연구원이었어. 너, 코찌5가 뭐 덕분에 생긴 줄은 알지?"

"에어클린 드론, 엑키 때문이잖아?"

"응, 맞아. 엑키의 성능이 검증되자 장 박사님과 아빠는 바로 코찌5 개발에 들어갔고, 수호와 나는 임상 시험에 참여했어. 난 두 달 하다가 바로 그만뒀지만. 코찌 시판 후에도 수호는 계속 참여했고."

"왜 그만뒀어?"

"개발자의 가족이 참여하는 건 데이터의 객관성을 잃게 하는 거라고 아빠가 그러셔서……. 코찌 상용화를 두고 아빠와 장 박사님 사이에 의견이 달랐어. 코찌5는 보조 장치일 뿐이라며 장 박사님은 시판을 반대하셨고. 그 일로 아빠와 사이가 틀어졌던 것 같아."

조이는 유진이 말을 이을 때까지 잠자코 기다렸다. 유진과 수호가 그냥 친구 사이일 뿐이라고 말하는 것 같아 기분이 나쁘지 않았다.

"난 수호가 뭔가를 알아냈고, 그것 때문에 아빠를 찾아왔을 거라고 생각해. 이젠 나도 알아야겠어. 그러려면 수호를 만나는 게 먼저니까 도와주고 싶어."

유진이 그 말끝에 에코센터에는 꼭 같이 가야 한다며 몇 번이나 다짐을 받았다.

#7

다음 날, 에코센터에 가자는 유진의 전화를 받고 조이는 자신의 코찌5 프로그램에 악성 바이러스를 심었다. 그 바람에 새벽에 알람이 울려 엄마 아빠가 뛰어나오는 소동이 벌어졌다. 조이는 일어나자마자 에코센터에 고장 신고를 했다. 접수 후 이삼 일 대기 어쩌고 하자 아빠가 전화기를 뺏어 들었다.

"당신들의 늑장 대처 때문에 왜 시민이 고통을 겪어야 합니까? 당장 수리해 주지 않으면 당국에 고발할 거요!"

한나 얘기까지 꺼낸 아빠의 협박이 먹혔는지 에코센터 안내원이 잠시 기다리라고 했다. 얼마 후 모든 방문 일정이 잡힌 상황이라, 정 원한다면 퇴근 무렵에나 방문하라며 서둘러 전화를 끊었다.

에코센터 앞은 조용했다. 주위를 두리번거리던 조이의 눈에 경비실 앞의 커다란 느티나무가 눈에 들어왔다.

"왜 여기 있어?"

가쁜 숨을 몰아쉬며 유진이 다가섰다.

"올 때까지 기다리라며?"

"내가 아빠를 모시고 나올게. 그래야 직원들이 퇴근할 테니까. 참, 이게 필요할 것 같아서 가져왔어."

유진이 가방 속의 넷북을 들어 보였다. 마음만 앞서서 미처 넷북을 챙길 생각은 못했다. 격리실까지 들어가기 위해 필요한 잠금장치의 비밀번호는 에코센터의 즐비하던 컴퓨터들에서 어찌하면 되겠지, 하고 막연히 생각했다.

유진은 넷북을 홍 박사의 사무실 앞 화분 뒤에 숨겨 놓겠다고 했다. 입출입이 모두 기록되니 일단 나가서 다시 들어갈 방법을 생각해 보라며, 에코센터는 두 시간마다 비밀번호를 바꾸니 꼭 기억하라는 말도 덧붙였다.

"여기는 일반인의 출입이 안 됩니다."

조이 앞을 가로막던 경비원은 뒤늦게 달려오는 유진을 보고 반가운 기색을 했다.

"아빠가 이걸 갖다 달라고 해서요. 금방 나올 거예요."

유진이 서류 봉투를 들어 보이자 경비원이 고개를 끄덕였다. 한두 번 본 사이가 아닌 모양이었다. 유진이가 무빙 도어에 들어서며 조이에게 눈을 찡긋했다. 조이는 왠지 어깨가 무지근했다.

"전 검수부에서 오라고 했는데요……."

조이가 워치폰의 메시지를 들이대자 경비원이 떨떠름한 표정으로 2층 계단을 가리켰다.

"이번엔 또 무슨 억지를 부릴 건데?"

검수부 직원이 짜증 섞인 목소리로 웅얼거렸다. 그러고는 핀셋 같은 걸 든 채 다른 손으로 조이의 얼굴을 받쳐 올렸다. 보통 같으면 간호사가 들어왔을 텐데 보이지 않았다. 직원은 분리해 낸 코찌5를 휴지통에 버리고 새 제품을 꺼냈다. 새로 프로그래밍했으니 이번엔 장난치지 말라는 으름장까지 놓았다. 조이가 어정쩡한 표정을 짓자 검수부 직원이 불쑥 말했다.

"너, 티티랑 무슨 사이야?"

"네?"

"둘이 에코센터에 자주 들락거렸던데? 코찌5에 심은 악성 바이러스 유형도 똑같고."

"그게 무슨 말씀인지……."

"에코센터는 어린애들이 들락거려도 될 만큼 허술한 데가 아니라는 뜻이야. 너도 티티처럼 격리실에 들어가지 않으려면 조심하는 게 좋아. 동생 같아서 하는 말이니까 새겨들어."

티티가 여기 있다면 해킹이 들통났다는 걸까? 조이의 심장이 오그라들었다.

"네 기록은 모두 삭제됐으니까 이제 여기 올 일 없을 거다."

조이는 감사하다는 말을 하고 서둘러 빠져나왔다. 수호랑 티티가 이곳 어디엔가 잡혀 있다는 생각에 미치자 뒷목이 서늘해졌다.

격리실은 지하 1층에 있었다. 막 현관 회전문을 나서는 유진과 홍 박사를 보고 조이는 빠른 걸음으로 홍 박사의 연구실 쪽으로 향했다. 복도에는 에코센터답게 세계 각국에서 보낸 나무 분재들이 줄지어 서 있었다. 조이는 다섯 번째 금명죽 분재 화분 뒤에서 넷북을 꺼냈다. 에코센터 보안 시스템에 들어가 비밀번호를 해킹했다.

'봉숭아.'

다른 시간대의 비밀번호들 역시 꽃 이름이거나 나무 이름, 그도 아니면 새 이름들이었다. 하나같이 이미 사라졌거나 멸종 위기에 처한 것들이었다. 에코센터에 어울리는 비밀번호라는 생각에 피식 웃음이 나왔다.

입출입기 앞에 서자 통과 메시지가 떴다. 경비실 안에서 지켜보는 경비원과 눈을 맞춘 후 조이는 천천히 걸어 나왔다.

경비원이 경비실을 빠져나가는 걸 본 후 느티나무를 향해 전속력으로 달렸다. 그러고는 빠르게 나무를 타고 올라갔다. 나뭇잎이 무성해서 쉽게 들킬 것 같지 않았다. 직원들이 모두 나가고 다리가 뻣뻣해질 무렵 에코센터의 불이 하나둘 꺼지기 시작했다.

30분쯤 지난 후, 조이는 나무에서 내려왔다. 넷북으로 경비 시스템의 잠금장치를 풀었다. 수호가 있는 격리실 10호는 지하 1층 맨 끝 방이었다. 사방이 적막했다. 조이는 탈의실에 들어가 방호복을 껴입었다. 간호사들과 마주치면 일이 틀어질지도 모를 일이었다.

비밀번호를 누르는 조이의 손끝이 가늘게 떨렸다.

구석에 쪼그리고 있던 수호가 인기척에 소리쳤다.

"내 말, 박사님한테 전하긴 한 거예요?"

"무슨 말?"

조이가 몸을 잔뜩 수그리며 낮게 속삭였다.

"조이? 정말 너 맞아? 이렇게 빨리 알아낼 줄은 몰랐는데……. 그렇게 입어서 못 알아봤잖아."

수호 목소리에 반가움이 묻어났다.

"여기 티티 님이 있다는데 어느 방인지 알아?"

"티티 님?"

되묻는 수호의 입에서 바람 빠지는 소리가 났다. 수호의 야릇한 눈빛에 조이의 입이 점점 벌어졌다.

"설마 네가 티티?"

"내 연기력 꽤 쓸 만했나 봐. 내가 티티든 수호든 이렇게 네가 날 찾아냈잖아?"

그제야 티티가 답메일을 보내지 못한 이유가 한꺼번에 이해됐다.

"여기는 어떻게 들어왔어? 유진이랑 같이 왔지?"

"어떻게 알았어?"

빤히 쳐다보는 수호의 입에 빙긋 웃음이 고였다.

"유진이는 진즉부터 네가 해커라는 걸 알고 있었을지 몰라. 내가 코찌5를 너한테 전해 달라고 했을 때 아무것도 묻지 않았거든. 너도 코찌 기록에 적힌 거 봤지? 그 암호 해독 내용을 유진이한테 문자로 예약 발송을 해 뒀거든."

"유진이는 자기 아빠한테 물어봤다고 그랬는데?"

"후훗."

"그 웃음은 뭐야?"

"홍 박사님이 그걸 알려 주겠어? 기밀 사항인데……."

조이는 뒤통수를 한 대 얻어맞은 것 같이 얼얼했다.

도대체 유진이는 왜 그런 거짓말을 한 걸까? 뭐든 다 알고 있는 듯한 저 표정은 뭐지? 어색한 침묵이 좁은 방을 채웠다. 어찌나 조용한지 수호의 숨소리가 들릴 듯했다.

"넌 코찌5에 문제가 생긴 걸 언제 안 거야? 설마 신종 바이러스가 발생한 건 아니지?"

조이가 다그치는 말에 입술만 씹고 있던 수호가 한참 만에 입을 열었다.

"한강 고수부지 파티에 갔다 온 후배가 쓰러졌어."

"우리 학교 후배?"

"아니, 청소년 환경 연합 후배. 회원들이 조사해 보니 우리 학교 말고 다른 학교에서도 쓰러진 아이가 많았어. 아무런 대응도 하지 않은 게 이상해 에코센터에 들어가 봤더니 코찌5 데이터값이 모두 똑같은 거야.”

그 일로 수호는 여러 차례 홍 박사를 찾아갔지만 번번이 쫓겨났다. 집에 갔을 때도 홍 박사는 코찌5에 아무 이상 없다고 우기기만 했다는 것이다.

“그러니까 신종 바이러스 발생을 숨기려고 데이터를 조작했다는 거잖아?”

조이가 벽이라도 칠 듯 주먹을 거머쥐었다.

“조작한 건 아닐 거야. 코찌5로는 이번 바이러스를 감지하지 못하는 것뿐이지. 홍 박사님도 예상하지 못한 일이니까 기후 정부에 털어놓을 수 없으셨을 거고.”

수호는 신종 바이러스의 발생을 확신하면서도 어쩐지 홍 박사를 두둔하는 것 같았다. 한나도 회장도 신종 바이러스에 걸렸을지 모를 일이었다. 수호 말이 사실이라면 이제 바이러스 확산은 시간문제였다.

“백신 개발부터 먼저 해야 하는 거 아냐?”

“그렇지. 하지만 백신이 하루아침에 뚝딱 만들어지는 게 아니잖아?”

“그럼 코찌5의 성능을 업그레이드하면 되잖아?”

“그것도 신종 바이러스에 대한 정보가 있어야 가능한 일이야.”

조이의 얼굴이 점점 일그러졌다. 별일 아닌 듯 구는 수호에게 화가 났다.

“코찌5에 위치 추적 기능을 넣은 것도 이번 일과 관련이 있다는 거지?”

"아마도. 아빠는 코찌5의 감지 센서가 신종 바이러스에는 대응할 수 없기 때문에 감지 기능을 향상시키고 백신을 개발하는 것보다 근본적인 대책이 필요하다고 주장하셨어. 그것 때문에 홍 박사님과 번번이 의견 충돌이 있었던 거고."

이삼십 대를 중심으로 한 민낯 권리 투쟁으로 궁지에 몰린 기후 정부가 코찌5의 개발에 투자하겠다고 하자 홍 박사는 우격다짐으로 밀어붙였다. 다행스럽게도 지난 몇 년 동안 코찌5 착용에 따른 부작용이 나타나지 않았고 변종 바이러스의 출현도 없었다.

"홍 박사님 입장에서는 신종 바이러스가 발생하면 백신 개발까지 시간이 걸리니 감염자를 빨리 격리 조치시키는 게 최선의 방법이었을 거야. 코찌5에 위치 추적 기능을 추가한 것도 그것 때문이고. 하지만 난 감추고 쉬쉬하는 것보다 상황을 알리고 최대한 감염 속도를 늦추는 게 최선이라고 생각해. 그래서 홍 박사님을 찾아갔던 거야."

수호 말을 듣고서야 조이는 홍 박사가 수호 입을 막으려고 격리실에 감금했을 거라는 확신까지 들었다. 유진에게 수호가 있는 곳을 알려 주지 않은 것도 그런 이유일 것이다.

수호는 조이에게 8시가 되면 긴급회의가 있다는 말을 들었다며, 그때쯤 빠져나가는 게 좋겠다고 했다. 당직 간호사들이 자리를 비우는 시간이라는 거였다.

"여기에서 나가면 뭘 할 건데?"

"아빠 만나러 가려고."

수호 말에 조이의 얼굴이 굳어졌다.

"박사님이 어디 계신 줄 알고?"

"아빠라면 무슨 대책이든 찾아내실 거야. 짐작 가는 곳이 있어."

수호는 장 박사가 살아 있다고 믿는 걸까? 조이는 한참을 망설이다 간신히 입을 뗐다. 이제 막 친해지기 시작했는데 처음 전하는 소식치고는 너무 비극적이지만 어쩔 수 없었다.

"저기…… 장 박사님은……."

"아빠가 돌아가셨다는 뉴스 말이야?"

갑작스러운 수호의 말 때문에 조이는 목구멍이 따끔거렸다.

"아빠를 돌아오게 하려고 가짜 뉴스를 만든 거야. 백신 개발에도 코찌5의 기능 업그레이드에도 아빠가 필요하니까. 문제는 아빠가 돌아오시지 않으려 한다는 건데……."

그러고 보니 뉴스에서는 발견된 시신이 장 박사로 추정되고 유가족인 아들을 찾겠다는 말만 있었지, 그 후 어떻게 됐는지에 대한 후속 보도가 없었다.

"박사님이 어디 계신데?"

"마지막 남은 박쥐 서식지가 어딘지 알아?"

"개마고원?"

"그곳에 가서 아빠를 설득해 보려고. 우선 사람들부터 살려야 하잖아?"

"나도 뭐든지 도울게. 다시는 팬데믹을 겪고 싶지 않거든."

조이의 말에 수호의 눈빛이 흔들렸다.

"가장 급한 건 사실을 알리는 건데……."

"해킹 루트는 다 막혔을 거니까 다른 방법을 찾는 게 좋을 것 같아. 참, 내 동생도 여기 격리실에 있었어."

"정말?"

급성 진폐증이라는 진단을 받았다고 하자 수호가 어이없다는 표정을 지었다.

"유진이한테도 사실을 말해야 하지 않을까?"

"유진이가 홍 박사님을 설득해 주면 좋을 텐데. 힘들겠지?"

"그건 유진이의 의지에 달린 거니까 강요할 순 없어. 나도 국제 청소년 환경 연합에 알릴게. 해커 동아리에도 함께할 만한 사람이 있는지 알아보고……."

수호는 내일부터 바빠질 거라고 웅얼대고는 문틈으로 바깥을 살폈다. 수호는 예전의 그 아이가 아니었다. 환경 연합 회원이자 해커 동아리의 리더인 수호가 이렇게 가깝게 느껴진 건 처음이었다.

"그때 왜 나한테 메일 보냈어?"

이런 상황에서 어울리지 않는 질문이었다. 수호가 고개를 돌려 조이를 쳐다보았다.

"에코센터에 올린 네 글이 인상적이었어. 보통 애들 같으면 에코센터만 믿고 기다릴 텐데 넌 안 그랬잖아? 그게 맘에 들더라. 동지가 되면 좋겠다고 생각될 정도로."

"동지?"

"날 동지라고 생각했으니까 여기까지 온 거 아냐? 메일 보낸 그날부터 넌 동지였는데……."

어둠 속에서 수호가 조이의 손을 맞잡았다. 수호의 손은 따뜻했다.

“참, 내가 유진이한테 전화해도 돼? 유진이가 널 많이 걱정하던데…….”

“너, 유진이 좋아하지? 유진이도 그거 알아?”

“아냐, 그런 거…….”

말까지 더듬으며 조이의 얼굴이 벌겋게 달아올랐다. 또각거리는 발소리가 점점 멀어졌다. 어느새 워치폰이 8시를 가리키고 있었다.

머지않아 지긋지긋한 마스크를 벗을 거라고 한다. 더없이 반가운 소식인데도 '이게 끝이다!', '완전히 해방됐다.'라는 안도감과 개운함이 들지 않는다. 마스크 없이 거리를 돌아다녀도 이미 우리는 예전의 우리가 아니라는 걸, 바이러스 발생 주기가 점점 더 짧아지고 그 변이 양상도 과학자들의 예상을 뛰어넘는다는 걸, 코로나 19 같은 팬데믹은 어떠한 과학 기술로도 해결될 수 없다는 걸 알고 있기 때문일까?

〈코찌〉는 바이러스 팬데믹을 두 번이나 겪은 근미래를 배경으로 지구 위기를 해결하지 못할 경우 맞이하게 될지도 모르는 우리의 미래에 대한 이야기다. 과학 기술이 만든 코찌와 엑키의 방역 시스템은 조작된 희망일 뿐이라는…….

민낯으로 돌아다니고 눈을 맞추고 함께 떡볶이라도 나눠 먹는 게 얼마나 행복한 일이었는지 코로나 팬데믹을 겪고서야 알게 되었다. 이런 행복을 계속 누리기 위해 우리가 해야 할 일은 무엇일까? 너무 늦지 않았기를 바랄 뿐이다.

빛을 찾아서

정명섭

경보가 울리자 정착지의 사람들은 제각각 무기를 들고 입구 주변으로 몰려갔다. 승환 역시 조잡하게 만든 창을 들고 입구로 향했다. 지상과 연결된 계단에는 추위와 약탈자들의 침입을 막기 위해 철문이 만들어져 있었다. 철문을 열고 들어선 경비대원이 손짓으로 떠돌이가 하나라는 사실을 알려 주면서 머리에 쓴 두건을 벗었다.

"무기는?"

정착지의 우두머리 역할을 맡은 정씨 아저씨의 물음에 경비대원은 추위에 지친 표정으로 고개를 저었다.

"없습니다. 거기다 나이도 엄청 많은 노인네에요, 노인네."

그 얘기를 들은 정착지 주민들이 안도의 한숨을 내쉬었다. 경비대원이 몸에 묻은 눈을 털어 내며 덧붙였다.

"제이 할아버지를 만나러 왔답니다."

"무슨 이유로?"

"만나서 얘기하겠답니다. 우리 정착지에 제이 할아버지가 있는 줄 알고 찾아온 모양입니다."

잠시 주저하던 정씨 아저씨가 옆에 있던 승환을 바라봤다.

"네가 안내해 줘라."

"알겠습니다."

승환은 목에 걸친 목도리로 입과 코를 가리고 문밖으로 나갔다. 떠돌이들은 식량을 축내거나 병을 옮겼기 때문에 다들 싫어했다. 하지만 제이 할아버지를 찾아왔다는 말에 차마 쫓아내지 못하고 만나게 해 준 것이다. 철문을 나서자 눈이 쌓인 계단이 보였다.

떠돌이는 마침 계단을 내려오는 중이었다. 천을 둘둘 감싼 부츠에 푸른색 점퍼와 스웨터를 겹쳐서 입었다. 얼굴에는 정화통이 떨어진 낡은 방독면을 쓰고 있었다. 승환과 마주친 떠돌이는 무기가 없다는 뜻으로 손바닥이 보이게 두 손을 치켜들었다. 그리고 천천히 방독면을 벗었다. 제이 할아버지만큼이나 나이가 든 얼굴이 보였다. 승환은 한 손에 방독면을 쥔 떠돌이 노인에게 말했다.

"따라오세요."

철문 안으로 들어온 승환은 뒤따라오는 노인을 간간이 돌아보면서 안쪽으로 걸어갔다. 빛이 사라지기 전 지하철역이었던 공간 곳곳에는 천막과 널빤지로 만든 집들이 들어섰다. 제이 할아버지는 가장 안쪽 공간의 낡은 텐트 안에서 살고 있었다. 원래 노인들은 식량만 축내는 존재이기 때문에 대접이 좋지 않았다. 심지어는 반강제적으로 정착지 밖으로 쫓아내기도 했다. 하지만 제이 할아버지는 예외였다. 추워지기 전에 과학자였던 제이 할아버지는 정착지에 꼭 필요한 정수 장치와 환기 장치를 만들었다. 그래서 정착지의 우두머리들은 제이 할아버지에게 공사 같은 걸 시키지 않았고, 가장 따뜻한 안쪽에 자리를 잡게 해 주었다.

인기척을 느낀 제이 할아버지가 바깥으로 나왔다가 승환을 따라온 노인과 눈이 마주쳤다. 얼굴을 마주 본 두 사람은 한동안 말이 없었다. 그러다 제이 할아버지가 먼저 말했다.

"물을 한잔 가져오렴."

"무, 물이요? 알겠습니다."

지상의 눈이 녹아서 조금씩 보금자리로 스며 들어온 물은 몹시 귀했다. 그나마 제이 할아버지가 보금자리에서 자라는 풀로 만든 정수 장치가 없었다면 약탈자들에게 공격받을 위험을 무릅쓰고 지상으로 나가서 눈을 긁어모아야 했을 것이다. 승환은 깡통에 모인 물을 컵에 조심스럽게 떠서 가져갔다. 한참 얘기를 나누던 두 사람은 승환이 모습을 드러내자 약속이나 한 듯 입을 다물었다. 물이 담긴 컵을 내려놓던 승환은 제이 할아버지가 종이를 숨기는 것을 봤다. 낯선 떠돌이는 그 후로도 오랫동안 얘기를 나누고는 일어났다.

제이 할아버지가 탁한 목소리로 말했다.

"밤이 깊어서 위험하네. 내일 가게."

그러자 떠돌이 노인이 고개를 저었다.

"시간이 없어. 약탈자들이 내 뒤를 쫓고 있네."

"그걸 노리고 있는 건가?"

제이 할아버지의 물음에 떠돌이 노인이 고개를 끄덕거렸다.

"아마 그 일에 대해서 아는 자 같아."

제이 할아버지가 승환에게 당부하듯이 말했다.

"내 친구를 바깥까지 바래다주겠니?"

"네."

승환은 주섬주섬 일어난 떠돌이 노인에게 따라오라는 말을 남기고 발걸음을 돌렸다. 앞장서 걷던 승환이 눈짓을 하자 문 주변을 지키고 있던 경비대원들이 철문을 열어 줬다. 싸늘한 바람이 뺨에 닿자 승환은 본능적으로 목도리로 얼굴을 가렸다. 추운 날씨 속에 맨얼굴로 오래 있으면 동상에 걸리는 것은 물론, 호흡기에 문제가 생길 수 있었기 때문이다. 떠돌이 노인이 방독면을 쓰는 걸 본 승환은 따라오라는 손짓을 하고는 계단을 올라갔다. 정착지들을 습격하는 약탈자들을 막기 위해 설치해 놓은 함정을 피해서 조심스럽게 위로 올라간 승환은 눈과 얼음으로 덮여 있는 주변을 살폈다. 계단 옆에는 '운학 사거리역'이라는 글씨가 새겨진 기둥이 넘어져 있었다.

보금자리에 사는 어른들은 이곳이 대한민국의 수도 서울 근처에 있던 신도시였다고 말했다. 지하철이 놓이고 인근에 과학 연구 단지가 있을 정도로 큰 도시여서 모든 게 풍족했다고 회상했다. 겨울이 와서 모든 것이 끝장나기 전까지는 말이다. 칼날 같은 바람이 목도리로 감싼 코끝을 맵게 스치고 지나갔다. 떠돌이 노인이 방독면을 벗더니 주변에 약탈자들이 없는 것을 확인하던 승환에게 말을 걸었다.

“어려 보이는구나. 몇 살이니?”

“어른들 말로는 열일곱 살일 거래요.”

“열일곱이라.”

마치 메아리처럼 중얼거린 떠돌이 노인이 이상한 얘기를 했다.

“이 세상에 겨울 말고 다른 계절이 있었다는 걸 알고 있니?”

약탈자들이 나타날까 봐 주변을 살피느라 신경이 곤두선 승환은 퉁명스럽게 대꾸했다.

“워낙 어릴 때라 기억이 나진 않지만 제이 할아버지께 들었어요.”

“곧 이 겨울을 끝낼 수 있는 일이 벌어질 게다.”

얘기를 들은 승환은 피식 웃었다.

“하늘에 태양이라도 다시 뜬답니까?”

“태양은 아직도 있단다. 빙하기가 갑자기 시작되면서 기온이 낮아지는 바람에 성층권에 두꺼운 구름이 끼어서 우리가 못 볼 뿐이지.”

떠돌이 노인은 고개를 들어서 회색빛으로 얼어붙은 하늘을 올려다봤다. 그러고는 나지막하게 중얼거렸다.

“이제 곧 빛을 찾게 될 것이다.”

방독면을 푹 눌러쓴 노인이 눈 쌓인 도로 위로 성큼성큼 걸어갔다. 떠돌이 노인이 눈보라 속으로 사라지는 걸 본 승환은 발걸음을 돌려서 계단을 내려왔다. 정착지로 돌아온 승환은 나무로 만든 침상에 누워 잠을 청하려고 했다. 하지만 좀처럼 잠이 오지 않았다. 결국 침상에서 일어나 제이 할아버지에게 갔다. 떠돌이 노인의 말이 머리에 남았기 때문이다.

어린 시절 지하에 내려왔던 승환은 이전 시대의 기억이 거의 없었다. 나이 든 어른들은 종종 승환이 기억하지 못한 따뜻했던 시대를 얘기해 주곤 했다. 물론 그때도 겨울은 있었지만 영하 10~20도 정도였다고 말했다. 그 얘기를 들은 승환은 입을 다물지 못했다. 그렇게 따뜻한 시기가 있었다는 게 믿기지 않았던 것이다. 하늘에는 비행기가 날아다녔고, 땅에는 자동차들이 씽씽 달렸다는 말도 놀라움의 대상이었다. 물론 지상으로 올라가면 비행기와 자동차들의 잔해가 눈과 얼음 속에 묻혀 있지만 그게 하늘을 날고, 땅을 달릴 수 있다는 것은 상상이 가지 않았던 탓이다.

한여름에는 사람들이 반팔과 반바지를 입고 다녔고, 햇빛이 너무 따가워서 선글라스라는 걸 쓰고 다녔었다고 말했다. 공기 중에 살갗이 몇 분만 노출되어도 동상에 걸리는 지금과는 너무나 다른 세상이었다. 모든 게 풍족해서 지금처럼 목숨을 걸고 밖으로 나가 생필품을 구할 필요가 없다는 것이 가장 부러웠다. 정착지 바깥세상은 추위뿐만 아니라 위협적인 약탈자와 떠돌이들로 가득했기 때문이다. 그런 얘기를 들을 때마다 승환은 부럽고 궁금했다.

사냥한 동물들의 기름으로 만든 등잔을 켜고 책을 읽고 있던 제이 할아버지는 승환이 들어서자 고개를 들었다.

"무슨 일이냐?"

"여쭤 볼 게 있어서요."

제이 할아버지가 책을 덮으며 승환을 바라봤다.

"어떤 게 궁금하니?"

"세상이 왜 이렇게 된 거예요?"

승환은 궁금한 게 있을 때마다 종종 제이 할아버지를 찾았다. 제이 할아버지가 미소를 지은 채 입을 열었다.

"빛이 사라지기 전에 사람들은 온갖 불행한 상상을 했단다."

승환은 침을 꿀꺽 삼켰다. 이전 시대의 얘기는 늘 흥미진진했기 때문이다. 지하에 함께 사는 사람들은 지겨워하거나 혹은 믿지 않았지만 말이다. 헛기침을 몇 번 하고서 제이 할아버지가 말을 이어 갔다.

"세상이 점점 망가져 갔지. 오존층이 뚫리고 기후가 악화되면서 하루가 멀다 하고 자연재해들이 일어났거든. 하지만 사람들은 그걸 무시했어."

"상황이 나빠졌는데 왜 무시한 거죠?"

승환의 물음에 제이 할아버지는 씁쓸한 표정을 지었다.

"많은 걸 희생해야 했으니까. 환경 오염을 줄이기 위해서는 온실가스와 쓰레기를 줄여야 하는데, 그렇게 하면 여러모로 불편했거든."

"뭐가 불편했는데요?"

"일회용품을 마음대로 쓰지 못했고, 쓰레기도 분리수거를 꼼꼼하게 해야만 했지. 친환경 에너지를 개발하는 데 비용이 많이 들고 상용화되기까지 시간이 오래 걸렸단다."

"고작 그런 것 때문에 이런 세상을 만든 건가요?"

비난하는 듯한 승환의 말에 제이 할아버지가 한숨을 푹 내쉬었다.

"나름 노력을 하긴 했지. 하지만 지금 돌이켜 보면 시늉만 한 게 아닌가 싶어."

"세상이 이렇게 될 거라는 예상을 하지 못했군요."

"나 같은 과학자들은 계속 경고를 했단다. 하지만 정치인들은 그 말을 믿지 않았고, 대중들도 마찬가지였다. 음모론으로 치부했어. 항상 누리고 있던 것들이 어느 날 갑자기 사라지리라고는 예상하지 못했겠지."

잠시 말을 멈춘 제이 할아버지가 정착지의 천장을 올려다보면서 덧붙였다.

"그래서 결국은 빛이 사라지고 말았나 봐."

제이 할아버지의 얘기는 우르릉거리는 소리와 함께 천장에서 시멘트 가루 같은 것들이 떨어지면서 잠시 중단되었다. 사람들이 빛이 사라진 날이라고 표현한 그날 이후 세상은 엄청 추워졌다. 그나마 따뜻할 때는 영하 50도이고, 눈 폭풍이 불면 영하 90도까지 떨어졌다. 지상의 모든 것들은 얼어붙어 버렸다. 가끔 강한 바람과 눈의 무게에 못 이긴 건물의 잔해가 무너지곤 했다. 진동이 가라앉기를 기다린 후 제이 할아버지가 말을 계속했다.

"재앙은 예상 밖의 형태로 찾아왔단다."

"어떻게요?"

"처음에는 온난화 현상이 심해져서 지구의 기온이 올라갈 것이라고 생각했지. 북극과 남극의 빙하가 녹아서 해수면이 상승하거나. 하지만 둘 다 틀렸어."

"추워졌군요."

제이 할아버지는 마른침을 삼키며 고개를 끄덕거렸다.

"온실가스가 대기권을 가로막으면서 태양열을 차단해 버렸지. 그러면서 삽시간에 추위가 찾아왔단다. 처음에는 그럭저럭 버텼어. 발전소에서 나온 에너지로 난방을 할 수 있었으니까. 하지만……."

제이 할아버지는 괴로운 표정을 짓고는 한숨을 쉬었다.

"곧 발전소들이 멈추면서 난방이 중단되었단다. 사람들은 무방비 상태로 추위와 굶주림에 시달려야만 했어. 그러면서 강대국들을 중심으로 자원과 식량을 빼앗기 위한 전쟁이 벌어졌지."

"얘기 들은 적 있어요."

"그러다가 따뜻한 남쪽 지역을 차지하기 위한 전쟁으로 번졌어. 빼앗으려는 쪽과 빼앗기지 않으려는 쪽의 싸움은 처절했단다. 그렇게 몇 년간 전쟁을 치르면서 세상은 빛을 잃고 말았지. 나라들이 사라지고, 사람들도 사라졌거든. 한때 지구상에 인구가 80억 명이었던 적이 있었어. 지금은 다 합쳐 봐야 몇십만 명도 안 될 거다."

"그게 지금의 세상이군요."

승환의 얘기에 제이 할아버지가 우울한 표정을 지었다.

"지난 몇 년 사이에 기온이 계속 낮아지고 있단다. 이러다가 영하 100도까지 내려갈 수도 있어. 새로 태어나는 아이들은 얼마 없고, 오래 살지도 못하지. 이 정착지에도 어린아이들은 몇 명 없어."

승환은 제이 할아버지의 얘기에 아이들의 수를 손가락으로 꼽아 봤다. 춥고 배고픈 세상이라 아이들은 잘 태어나지 않았고, 자라나기는 더욱 어려웠다. 그래서 백 명이 넘는 정착지 주민들 중에서 아이들은 손에 꼽을 정도였다. 생각에 잠겨 있던 승환의 귀에 제이 할아버지의 착 가라앉은 목소리가 들렸다.

"이런 추위가 계속되다간 결국 우리도 멸종당하고 말 거다. 공룡처럼."

제이 할아버지의 얘기를 듣던 승환은 이곳에 처음 들어온 그때를 떠올렸다. 사람들은 추위를 피해 지하로 내려갔다. 어둡고 공기가 탁했지만 방법이 없었다. 두툼한 점퍼와 털모자로도 뼛속까지 시린 추위를 막지는 못했다. 하지만 어두운 지하로 내려간다는 사실이 무서워서 계단 앞에서 한참 동안이나 칭얼거렸다. 그런 승환에게 어머니가 말했다.

"이제 곧 빛이 사라진단다. 땅 위에서는 아무것도 살 수가 없어."

"그럼 우린 평생 저기서 살아야 해요?"

어머니가 울먹거리던 어린 승환의 손을 꼭 쥐며 말했다.

"아니, 빛이 다시 돌아올 거야. 그때까지 참고 기다리자."

겨우 울음을 그친 승환은 어머니의 손을 잡고 지하로 내려갔다. 그리고 1년 후, 어머니는 세상을 떠났다. 어머니뿐만 아니라 지하에 내려온 사람들 상당수는 첫해를 넘기지 못했다.

그 당시의 기억을 떠올린 승환이 눈물을 글썽거리자 제이 할아버지가 다정하게 말했다.

"우리는 다시 빛을 찾아낼 거다. 그러니 희망을 잃어서는 안 된다."

"어떻게요? 계속 추워진다고 하셨잖아요."

승환의 말에 제이 할아버지는 옆에 놓인 작은 화분을 바라봤다. 화분에는 아주 가느다란 잡초가 한 줄기 자라고 있는 중이었다. 제이 할아버지와 승환을 비롯한 지하 정착지 사람들은 그 풀을 '희망'이라고 불렀다. 제이 할아버지가 희망을 바라보면서 얘기했다.

"인간들은 처참한 잘못을 저질렀지만 결국 다시 희망을 찾을 게다."

"그랬으면 좋겠어요."

승환이 대답하자 제이 할아버지가 등잔불을 바라다보면서 물었다.

"내일 사냥을 나갈 건데 같이 가 주겠니?"

"물론이죠."

다음 날, 일찌감치 일어난 승환은 경비대원에게 어제보다 더 춥다는 얘기를 들었다. 걱정이 되어 사냥 준비를 하고 있는 제이 할아버지에게 가서 말했다.

"눈이 너무 많이 와서 사냥감들이 없어요. 며칠 기다렸다가 저랑 같이 나가요."

"그럴 시간이 없다."

제이 할아버지가 고집을 부리자 승환은 옷을 챙겨 입고 부츠를 신었다. 고글을 챙겨서 나오자 옆집에 사는 같은 또래의 여자아이인 세빈이가 화살 총과 볼라, 그리고 사냥감을 담을 주머니를 가져다주었다. 세빈이도 첫해에 함께 들어온 아버지를 잃고 홀로 지냈다. 가족을 잃었다는 상처를 가진 두 사람은 가깝게 지냈다.

"몸조심하고 잘 갔다 와."

승환은 고개를 끄덕거린 뒤 제이 할아버지와 함께 입구로 향했다.

밤새 받은 물로 얼굴을 씻은 아이들이 고양이 기름으로 만든 양초를 켜 놓고 스크린 도어를 칠판 삼아서 한글을 배우는 중이었다. 몇 년 전 제이 할아버지가 이곳에 왔을 때 가장 신경 쓴 것이 바로 아이들이었다. 먹고살기 바쁘다는 이유로 방치되었던 아이들은 이제 가장 먼저 깨끗한 물을 받고 공부를 했다. 승환도 그렇게 제이 할아버지 덕분에 한글을 깨우치고 겨울 이전의 세상에 대한 얘기도 들었다.

입구를 지키던 경비대원들이 빗장을 풀고 철문을 열었다. 드르륵거리는 소리와 함께 한기가 밀려 들어왔다. 얼어붙은 계단을 타고 밖으로 나오자 어제보다 눈이 더 많이 쌓인 게 보였다. 고글을 쓴 채 주변을 살펴보던 승환은 도로에 찍힌 발자국을 봤다.

"약탈자들이 근처에 어슬렁거렸나 봐요."

떠돌이들과는 달리 약탈자들은 무장을 하고 정착지를 습격했다. 잔인하기 이를 데 없고 잡히면 평생 노예처럼 살아야 하기 때문에 다들 무서워했다. 승환과 제이 할아버지가 사는 정착지는 거대한 철문 덕분에 그나마 안전했지만 조심하는 건 필수적이었다. 고글을 벗고 주변을 돌아본 후 승환이 제이 할아버지에게 말했다.

"위험할 것 같아요."

하지만 제이 할아버지는 개의치 않고 밖으로 나갔다. 승환은 주변을 조심스럽게 살펴보면서 뒤를 따랐다. 눈이 쌓인 거리에는 어젯밤에 얼어 죽은 야생 고양이 한 마리가 보였다. 승환은 옷을 뜯어서 만든 주머니에 야생 고양이를 조심스럽게 집어넣었다. 정착지로 돌아가서 녹이면 한 끼 식사로 부족함이 없었다. 앞장서 가던 제이 할아버지가 무너진 빌라 쪽으로 발길을 돌렸다.

"할아버지, 거긴 사냥감이 있는 데가 아니에요."

그렇지만 제이 할아버지는 계속 빌라 방향으로 걸었다. 반쯤 무너진 빌라에는 눈이 잔뜩 쌓여 있었다. 이런 곳에 잘못 들어갔다가는 무너지는 건물 잔해에 깔릴 수도 있었다. 거기다 약탈자나 떠돌이가 숨어 있다가 공격할 수도 있기 때문에 조심해야만 했다. 그걸 누구보다 잘 알고 있는 제이 할아버지가 빌라 쪽으로 터벅터벅 걸어가는 걸 보고는 불안한 기분이 들었다. 발목까지 쌓인 눈을 밟으며 건던 제이 할아버지가 갑자기 비틀거렸다. 발목에 작은 화살이 박혀 있는 걸 본 승환이 소리쳤다.

"할아버지!"

비틀거리던 할아버지가 쓰러지자 폐허가 된 빌라 안에서 약탈자 두 명이 모습을 드러냈다. 두툼한 고글을 쓰고 칼과 망치를 손에 든 채 다가왔다. 깜짝 놀란 승환이 얼른 화살 총을 겨눴다. 강한 바람 때문에 조준이 잘될까 걱정되었지만 자칫하다가는 할아버지가 위험할 것 같았다. 약탈자들은 사람들을 죽이고 옷을 빼앗아 가기 때문이었다. 퉁, 하는 소리와 함께 날아간 화살이 다가오던 약탈자 한 명의 어깨에 박혔다. 하지만 두꺼운 옷 때문인지 잠시 비틀거릴 뿐이었다. 다가오는 속도를 감안하면 다시 화살을 장전하는 건 불가능했다.

승환은 주머니에서 볼라를 꺼냈다. 여러 개의 돌을 밧줄로 엮은 것으로 동물들을 생포할 때 쓰는 도구였다. 머리 위로 볼라를 빙빙 돌린 뒤 아까 화살에 맞았던 약탈자에게 힘껏 던졌다. 원심력 때문에 빙빙 돌던 볼라가 약탈자의 두 다리를 꽁꽁 감았다. 기세 좋게 달려오던 약탈자는 그대로 쓰러졌다. 승환은 남은 볼라를 꺼내서 빙빙 돌렸다. 아까처럼 던져도 되지만 끝에 돌이 매달려 있어서 그대로 휘두를 수도 있었다.

"저리 가! 저리 가!"

승환이 고래고래 소리를 지르자 주춤거리던 약탈자가 빌라 뒤편으로 사라졌다. 다리가 볼라에 감긴 약탈자는 도망친 동료에게 욕설을 퍼부었다. 승환은 그사이에 제이 할아버지를 부축했다. 그때 할아버지가 말했다.

"1층 계단 아래 배낭과 옷이 있을 거다. 그걸 가져오너라."

"어서 여길 빠져나가야 한다고요."

"그게 필요해."

그 어느 때보다 단호한 제이 할아버지의 말에 승환은 볼라에 감긴 채 쓰러져 있는 약탈자를 곁눈질로 바라보며 빌라로 뛰어갔다. 눈의 무게에 못 이겨 부서진 문짝을 타 넘어서 빌라 안으로 들어간 승환은 계단 아래쪽을 살펴봤다. 혹시나 약탈자가 숨어 있을까 걱정했지만 다행히 아무도 없었다.

"저기 있네."

계단 한쪽 구석에 뭉쳐진 옷과 가방이 보였다. 승환은 그걸 잽싸게 챙긴 뒤 밖으로 나왔다. 발목에 박혀 있던 화살을 뽑은 제이 할아버지가 승환이 옷과 가방을 챙겨 오자 안도하는 표정을 지었다.

"어서 가요. 할아버지. 놈들이 패거리를 이끌고 올지도 몰라요."

"그러자꾸나."

승환은 제이 할아버지를 부축하면서 서둘러 발걸음을 옮겼다. 하지만 옷과 배낭까지 들고 있어서 금방 지치고 말았다. 절룩거리던 제이 할아버지는 윗부분이 부서진 전봇대에 기댔다. 승환은 얼른 부목이 될 만한 것을 찾은 다음에 이로 보자기를 길게 뜯어서 발목에 갖다 댔다. 그러자 제이 할아버지가 목에 걸고 있던 목걸이를 꺼내 보이면서 말했다.

"혹시 핵융합에 대해서 알고 있니?"

다리에 부목을 대고 천으로 둘둘 감던 승환은 제이 할아버지의 물음에 고개를 끄덕거렸다.

"예전에 얘기하셨잖아요."

"그렇지. 그것만 있으면 이 지옥 같은 겨울을 끝낼 수 있단다."

제이 할아버지는 마치 꿈을 꾸는 것 같은 표정으로 말을 이었다.

"핵융합은 석유처럼 언젠가는 사라질 자원을 쓰는 것이 아니라 중수소와 리튬을 원료로 하는데, 이것들은 바닷물에서 손쉽게 얻을 수 있단다. 더 이상 자원을 가지고 싸우지 않아도 되는 세상을 만들 수 있게 된 거지. 거기다 빙하기를 이겨 낼 유일한 방법이기도 했고."

"그런데 왜 이렇게 된 거죠?"

승환의 반문에 제이 할아버지가 한숨을 쉬었다.

"많은 나라에서 연구를 했지만 결국 실용화에 성공하지는 못했단다. 그중 우리나라가 가장 앞서갔지만 아쉽게도 완성 직전에 연구소가 폐쇄되고 말았지. 만약 성공했다면 우린 빙하기를 이겨 낼 수 있었을 거다."

"설마요."

승환은 무덤덤하게 대답했다. 어른들은 늘 겨울 이전의 삶에 대해서 얘기하곤 했다. 그 시절의 기억이 없는 승환으로서는 실감이 나지 않는 말이었다. 밤이 되면 고양이나 들개조차 얼어붙는 이 겨울을 이겨 낼 수 있는 방법이 있다는 게 믿기지 않았다. 제이 할아버지가 떨리는 손으로 목에 걸고 있던 열쇠를 벗어서 건넸다. 녹슨 열쇠에는 희미하게 4377이라는 숫자가 새겨진 게 보였다. 그러고는 머리맡에 놓인 배낭을 가리켰다.

"고가 도로를 넘어서 큰길로 쭉 가다가 사거리 못 미쳐서 십자가가 매달린 첨탑이 있는 교회가 보일 게다. 그 앞에 서서 배낭 안에 있는 신호탄을 터트려라. 그러면 누군가 나와서 너를 인도해 줄 것이다."

"누가 어디로 절 인도해 준다는 얘기예요?"

승환의 물음에 쿨럭거리던 제이 할아버지가 피를 토하며 대답했다.

"이 겨울을 끝낼 수 있는 곳으로 말이다. 나는 아무래도 못 갈 것 같으니까 네가 대신해야겠다."

"그럼 이곳을 떠나야 한단 말인가요?"

승환에게 지하의 정착지는 10년 넘게 살아 왔던 고향이자 삶의 전부였다. 멀리 나간 적도 별로 없었다. 승환이 주저하는 모습을 보이자 제이 할아버지는 그의 손을 잡았다.

"힘들고 어렵더라도 희망을 잃지 말거라. 이렇게 시간이 몇 년 더 지나면 인간들은 모두 사라지고 말 거다. 핵융합 발전기를 가동하는 것이 마지막 희망이란다."

"일단 돌아가서 얘기해요, 할아버지."

승환은 반쯤 의식을 잃은 제이 할아버지를 데리고 정착지로 돌아갔다. 정착지 사람들은 부상을 당한 채 돌아온 제이 할아버지를 보고 크게 놀랐다. 그래서 얼마 남지 않은 붕대를 쓰고, 어렵게 구해 온 장작을 땠다. 하지만 제이 할아버지는 그날 밤을 넘기지 못했다. 발목에 박힌 화살을 무리하게 뽑는 바람에 상처가 심해졌기 때문이다.

잠깐 정신을 차린 제이 할아버지가 선물이라면서 아끼는 지포 라이터를 건넸다. 정착지 사람들은 모두 충격에 빠진 채 눈물로 장례식을 치렀다. 칠판으로 쓰는 스크린 도어를 열고 녹슨 선로를 따라 쭉 걸어가면 또 다른 역이 나오는데, 그곳에 할아버지의 시신을 내려놓고 돌아왔다.

장례식이 끝나고 유품들을 정리하던 승환이 떠날 준비를 하자 세빈이 조심스럽게 물었다.

"진짜 떠날 거야?"

"할아버지의 유언이야."

열쇠가 매달린 목걸이를 목에 걸고 화살 총을 어깨에 멘 승환이 대답하자 세빈이 말했다.

"그럼 나도 갈게."

"위험해."

승환이 고개를 젓자 세빈이 팔을 잡았다.

"정착지 사람들이 날 결혼시키려나 봐. 황씨 아저씨랑 누리 아줌마가 하는 얘기를 엿들었어."

"아직 결혼할 나이가 아니잖아."

"그렇긴 한데 아이들이 너무 없어서 일찍 결혼시켜야 한다고 했어. 난 결혼하기 싫어."

세빈의 말은 충분히 이해했다. 이곳에서 결혼을 하고 아이를 낳는 과정은 너무나 힘들고 고통스러웠다. 태어난 아이들은 금방 세상을 떠났고, 출산으로 지친 산모들도 마찬가지였다.

"결혼하기 싫어. 그러니까 나도 데려가 줘."

신호탄을 챙긴 승환은 세빈의 간절한 눈빛을 보고는 고개를 끄덕거렸다. 정착지 사람들은 떠나는 두 사람을 모른 척했다. 입이 줄어들기 때문이다. 승환이 눈짓을 하자 경비대원들이 문을 열어 줬다. 계단을 타고 내려온 회오리바람이 눈앞에서 작은 소용돌이를 만들었다. 경비대원인 철규 아저씨가 걱정스러운 표정으로 말했다.

"어딜 가려고? 다시 생각해 봐."

"제이 할아버지의 부탁이에요."

승환의 얘기를 들은 철규 아저씨가 한숨을 쉬면서 깡통을 잘라 만든 단검을 건넸다.

"선물이야."

"고맙습니다."

단검을 챙긴 승환은 세빈과 함께 눈과 얼음으로 덮여 있는 바깥세상으로 나왔다. 승환은 일부러 뒤도 돌아보지 않은 채 묵묵히 걸어갔다. 빙판이 된 고가 도로를 조심스럽게 넘은 뒤 얼음의 무게에 못 이겨 주저앉은 농협 건물을 지나자 아래를 향해 꺾어진 십자가가 매달린 첨탑이 보였다.

그 앞에 선 승환은 제이 할아버지가 남긴 조명탄을 꺼냈다. 바닥을 손바닥으로 힘껏 때리자 얼어붙은 하늘을 향해 붉은 연기가 피어올랐다. 잠시 후, 방독면을 쓰고 지팡이를 짚은 할아버지가 교회 문을 열고 나왔다. 바로 앞까지 다가온 할아버지는 방독면을 벗고는 두 사람에게 물었다.

"김 박사는?"

"어제 돌아가셨어요. 돌아가시기 전에 저보고 할아버지를 만나라고 하셨습니다."

승환이 열쇠가 달린 목걸이를 보여 주자 할아버지는 허연 입김이 흘러나오는 한숨을 내쉬었다. 그리고 도로 방독면을 쓰면서 말했다.

"여행을 떠날 준비는 되었느냐?"

"무슨 여행이요, 할아버지?"

옆에 있던 세빈이 묻자 할아버지가 대답했다.

"빛을 찾으러 간다. 그리고 할아버지 말고 리신이라고 불러 다오. 내 별명이다."

"그게 무슨 뜻인데요?"

"예전에 즐겨했던 게임에 나온 캐릭터였어."

그렇게 승환과 세빈, 그리고 리신 할아버지까지 세 사람은 길을 떠날 채비를 했다. 리신 할아버지는 오랫동안 준비를 했는지 가방에 말린 고양이와 들개 고기가 차곡차곡 쌓여 있었고, 불을 땔 나무들도 보였다. 페트병에는 귀한 물이 가득했다. 그리고 무엇보다도 지도를 가지고 있었다. 모서리가 다 떨어져 나간 지도를 펼친 리신 할아버지는 구멍 난 장갑으로 가야 할 곳을 짚었다.

"우리가 가야 할 곳은 북서쪽에 있는 국가 핵융합 연구 단지다. 시청을 지나서 강을 두 개 건너면 연구 단지가 나올 거야."

"여기서 얼마나 걸리죠?"

승환이 묻자 리신 할아버지가 지도의 길을 쭉 훑으면서 얘기했다.

"대략 10킬로미터 정도 된단다. 하지만 그건 길이 잘 뚫렸을 때 얘기고 지금은 대략 두 배 정도 더 걸어야 할 거다. 하루나 이틀은 밖에서 지내야 할 거야."

지상의 밤이 얼마나 끔찍한지 잘 알고 있는 승환은 몸서리를 쳤다. 하지만 리신 할아버지는 아무렇지도 않게 배낭을 메고 출발 준비를 했다. 그러면서 부서진 헌금함에서 방독면을 두 개 꺼냈다.

"제이가 너랑 온다고 해서 두 개를 챙겨놨다. 이걸 쓰면 추위를 막을 수 있을 게다."

승환은 세빈이 방독면을 쓰는 걸 도와줬다. 그리고 고글을 벗고 방독면을 뒤집어썼다. 둥근 렌즈 너머의 세상은 더 좁다랗게 보였다. 방독면을 손에 든 리신 할아버지가 말했다.

"처음에는 잘 안 보일 게다. 발밑을 조심하고 날 놓치지 마라."

리신 할아버지는 작살처럼 생긴 창을 들고 선두에 섰다. 남은 배낭을 멘 승환은 화살 총을 어깨에 걸친 채 뒤를 따랐고 세빈이 마지막으로 따라왔다. 교회 밖으로 나오고 얼마 되지 않아서 거센 눈보라가 그들을 맞이했다. 바닥에 흩어진 머리통만 한 콘크리트 조각이 들썩거릴 정도로 눈보라가 심해지자 결국 세 사람은 걷는 것을 포기하고 은신처를 찾아야만 했다.

주변을 살펴보던 리신 할아버지는 '규수방'이라고 적힌 간판이 붙은 건물을 가리켰다.

"저기에서 눈보라가 그칠 때까지 있어야겠다."

가까이 가자 부서진 잔해들이 구토한 것처럼 문밖으로 흘러나와서 얼음 속에 파묻혀 있었다. 호주머니에서 휴대용 플래시를 꺼낸 리신 할아버지가 안쪽을 비췄다. 깜짝 놀란 승환은 세빈을 돌아봤다. 저렇게 작동하는 플래시를 본 것은 십 년도 훨씬 전의 일이었다.

플래시로 건물 구석구석을 살핀 리신 할아버지가 방독면을 벗더니 두 사람에게 손짓을 했다. 매장의 가구들은 남김없이 사라진 상태였다. 아마 겨울이 시작된 초기에 사람들이 불을 때기 위해 가져갔을 것이다.

매장을 지나 안으로 들어간 리신 할아버지가 자리를 잡은 곳은 화장실이었다. 바닥에 쌓인 눈 위에는 추위에 못 이겨 깨진 거울 조각들이 흩어져 있었다. 한쪽 구석에는 눈에 젖은 박스와 불을 땐 흔적이 보였다. 아마 겨울 초기에 누군가 이곳에서 살았던 것 같았다.

지팡이를 벽에 기댄 리신 할아버지는 배낭에서 말린 고양이 고기를 꺼내 승환과 세빈에게 하나씩 권했다. 냉큼 받아 든 두 사람은 손으로 고기를 잡고 조심스럽게 뜯어 먹었다. 눈보라가 계속 거세지자 창밖을 내다보던 승환이 말했다.

"아무래도 여기서 하룻밤을 보내야겠어요."

리신 할아버지가 동의하자 승환은 바닥의 박스를 집어서 유리창을 막으려고 했다. 그때 박스 더미에 깔려 있던 작은 해골들이 우수수 떨어졌다. 세빈이 놀라 비명을 질렀고, 승환 역시 깜짝 놀라고 말았다. 리신 할아버지는 아무 말 없이 해골을 들어 창밖으로 던지면서 말했다.

"아주 어린애군. 걸음마나 떼었을지 모르겠다."

승환이 박스로 창문을 막자 리신 할아버지는 배낭에서 꺼낸 나무를 바닥에 쌓은 다음 지포 라이터로 불을 붙였다. 배가 부르고 추위도 어느 정도 가시자 세빈이 조심스럽게 물었다.

"겨울은 어떻게 왔어요?"

한동안 눈을 감고 있던 리신 할아버지가 천천히 입을 열었다.

"처음 한강에 빙하가 나타났을 때는 다들 구경을 하느라 정신이 없었지. 셀카를 찍고 인증 샷을 남기느라 여념이 없었어. 하지만 우린 불안한 마음을 감출 수가 없었단다. 빙하기가 너무나도 빨리 찾아왔기 때문이지."

추위를 피하기 위해 몸을 잔뜩 웅크린 리신 할아버지의 말에 세빈이 물었다.

"대체 겨울이 왜 온 거예요? 같이 살던 목사님은 하나님의 심판이라고 하던데요."

"신의 심판일 수도 있지. 확실한 건 몇만 년, 아니 몇백 년 동안 진행되어야 할 빙하기가 십 년 만에 이뤄졌다는 거야."

과거를 더듬는 리신 할아버지의 눈가가 파르르 떨렸다.

"빙하기가 급속하게 진행되면서 비상이 걸렸지. 날씨가 추워지면서 에너지의 소비가 늘어났지만 석유가 나오는 중동조차 겨울이 되어버렸으니까. 거기다 모든 게 얼어붙으면서 뽑아낸 석유를 운반할 수가 없게 되었단다. 원자력 발전소도 추위 때문에 발전이 정지되면서 세계는, 아니 문명은 붕괴되어 갔지. 사람들은 따뜻한 남쪽 나라로 내려가기 위해서 아우성을 쳤고, 급기야는 국가 간의 전쟁으로 이어졌어. 그렇게 인간들이, 그리고 문명들이 사라졌단다. 전쟁과 자연재해로 국가가 사라지면서 인간들은 추위를 피하기 위해 지하로 내려왔지. 하지만 이것도 얼마 남지 않았다."

"왜요? 지하는 따뜻해서 버틸 수 있잖아요."

얘기를 듣던 승환이 끼어들자 리신 할아버지가 고개를 저었다.

"너희가 살던 곳에 아이들이 없더구나. 가장 나이가 어린 아이가 몇 살이지?"

세빈이 잠깐 생각에 잠겼다가 대답했다.

"열두 살이요."

"빙하기가 시작된 이후에는 태어난 아이들이 없지?"

"없어요. 몇 명 태어났지만 오래 살지 못했어요."

세빈의 대답을 들은 리신 할아버지가 고개를 끄덕거렸다.

"다른 곳도 마찬가지다. 새로운 세대들이 태어나지 못하면 인간들은 사라지고 말 거야."

돌아가신 제이 할아버지도 그걸 가장 걱정했다. 겨울이 시작될 때 아직 어린아이였던 승환이 거의 마지막이었다. 공기가 나쁘고 먹을 것이 없던 정착지에서 태어난 아이들은 대부분 오래 살지 못했다. 페트병에 담긴 물을 한 모금 마신 리신 할아버지가 말을 이어 갔다.

"마지막 희망이 있었지."

"핵융합 말인가요?"

승환의 물음에 리신 할아버지의 얼굴이 어두워졌다.

"맞다. 추위에 상관없이 에너지를 만들어 낼 수 있는 것은 핵융합 발전이 유일했거든. 그래서 우리나라를 비롯한 몇몇 선진국들은 자원을 집중 투자해서 핵융합 발전을 실용화하기 위해 최선을 다했지. 그 연구소가 바로 이곳에 있었단다. 혹시 KSTAR라는 말, 들어 본 적 있니?"

승환과 세빈이 모른다고 대답하자 리신 할아버지는 바닥에 쌓인 눈 위에 손가락으로 그림을 그려 가면서 설명했다.

"한국형 핵융합 발전 실험 장치였어. 우린 그걸 실용화시킨 프로메테우스형 핵융합로를 만들었단다. 그것만 작동했다면 오늘날 같은 일은 벌어지지 않았을 거다."

"프로메테우스요?"

"그래, 그리스 신화에서 인류에게 불을 가져다준 인물의 이름을 따서 지었단다."

"그런데 왜 작동하지 않았던 거죠?"

승환이 묻자 리신 할아버지가 괴로운 표정으로 눈을 감았다.

"욕심이 문제였다. 막상 성공이 눈앞에 보이자 참여했던 나라들은 모든 것을 독차지하려 들었고, 거기에 정치인들이 가세하면서 혼란스러워졌다. 결국 나와 몇몇 연구원들은 일단 가동을 해야 한다고 했지만 정치인들이 우리를 쫓아내고 연구소를 폐쇄해 버렸단다."

"그다음에는요?"

"후일을 기약하기로 하면서 프로메테우스형 핵융합로를 작동 중지 상태로 놓고 연구소를 떠났어. 훼방꾼들이 사라지면 다시 돌아와서 가동시키기로 약속하고서 말이다. 처음에는 몇 년이면 될 줄 알았지. 그런데 이렇게 오래 걸릴 줄은 몰랐단다."

묵묵히 얘기를 듣던 세빈이 갑자기 몸을 일으켜서 박스로 가려진 창밖을 응시했다. 화살 총을 집어 든 승환이 긴장한 표정으로 물었다.

"누가 나타났어?"

그러자 세빈이 고개를 저었다.

"아니, 총소리 같은 게 들렸어."

승환은 신경을 집중해서 귀를 기울였지만 성난 눈보라가 휘몰아치는 소리만 들릴 뿐이었다. 도로 주저앉은 승환이 리신 할아버지에게 물었다.

"그걸 다시 작동하면 이 겨울을 몰아낼 수 있는 건가요?"

"에너지가 생기면 그걸로 추위를 몰아내고 활동할 수 있게 돼. 아주 오래 걸리겠지만 문명을 다시 일으킬 수 있는 시작점이 될 거다."

콜록거리면서 대답을 마친 리신 할아버지는 눈 위에 그려 놓은 핵융합 발전로의 모습을 가만히 응시했다. 창밖의 눈보라는 더욱 심해져 갔다.

약탈자들은 거센 눈보라 때문에 정착지의 경비대원들이 방심한 틈을 노렸다. 발에 두꺼운 천을 덧대서 발자국 소리를 죽인 뒤 계단에 설치해 놓은 함정을 피해 조심스럽게 접근했다. 그리고 경비대원들이 눈치채지 못하게 문 주변에 자리 잡았다.

때마침 경비대원 중 한 명이 소변을 보기 위해 철문을 열고 밖으로 나오는 틈을 타서 안으로 쏟아져 들어왔다. 입구를 지키던 경비대원들은 순식간에 제압당했다. 뒤늦게 그들을 본 정착지 주민이 외쳤다.

"약탈자들이다! 약탈자들이 처들어왔다!"

하지만 이미 때는 늦고 말았다. 저항하려던 정착지 사람들은 가족들이 인질로 잡힌 것을 알고는 두 손을 들었다. 약탈자들의 우두머리 황율이 방독면을 벗으면서 경비대원들에게 물었다.

"이곳에 있던 늙은 영감은 어디 있지?"

"그, 그분은 며칠 전에 돌아가셨습니다."

황율은 제이 할아버지가 죽었다는 얘기를 듣고는 미친 듯이 화를 냈다. 그러다가 겁에 질린 경비대원 철규가 하는 말에 귀를 기울였다.

"할아버지가 돌아가시고 두 아이가 여길 떠났습니다."

"그러니까 그 영감이 죽고 나서 떠났다 이거지?"

"네, 할아버지의 유언을 따라야 한다면서 떠났습니다."

"어디로?"

"그, 그건 잘 모르겠습니다."

경비대원 철규의 얘기를 들은 황율이 중얼거렸다.

"영감이 열쇠를 다 모은 모양이야. 그럼 이제 따라가서 작동만 시키면 되겠군."

히죽 웃은 그가 부두목인 개코에게 소리쳤다.

"곧 출발할 테니까 물과 식량을 모아."

"대장, 여기 머무는 게 아닙니까?"

개코가 불만스러운 얼굴로 묻자 황율은 방독면을 도로 얼굴에 쓰면서 말했다.

"여기보다 수백, 수천 배 좋은 곳으로 갈 거야. 그러니 잠자코 날 따라와."

눈보라가 그친 세상은 흰 눈으로 가득했다. 방독면을 눌러 쓴 리신 할아버지가 말했다.

"눈 속에 뭐가 파묻혀 있을지 모른다. 발밑을 조심해서 따라오너라."

승환은 앞장선 리신 할아버지를 따라서 눈을 헤치고 앞으로 나아갔다. 부서진 창틀과 기울어진 전봇대에는 눈보라가 싹틔운 눈꽃이 피어났다. 뒤따라오던 세빈이 뭔가에 걸려서 비틀거렸다. 뒤로 돌아선 승환은 눈 밖으로 불쑥 튀어나온 사람의 손을 봤다. 지독한 추위에 얼어 죽은 떠돌이나 약탈자 같았다. 승환은 아무 말 없이 세빈의 손을 잡아 줬다. 잔해로 가득한 길은 빙판으로 변해 버려서 더 걷기가 힘들었다. 말없이 걷고 있던 승환은 등 뒤에서 들려온 낯선 소리에 고개를 돌렸다. 그리고 자신을 응시하는 눈동자와 마주쳤다.

"들개다!"

비쩍 마른 들개들이 방금 세빈이 봤던 시신의 팔을 뜯어 먹는 중이었다. 추위와 배고픔에 시달린 들개들의 퀭한 눈빛을 본 승환이 화살 총을 움켜쥐면서 소리쳤다.

"식인 들개들 같아. 어서 뛰어."

거의 동시에 고개를 든 식인 들개들이 눈을 헤치고 달려들었다. 승환의 화살 총이 한 마리를 쓰러뜨리는 데 성공했지만 다른 들개들은 개의치 않고 덤벼들었다. 눈길을 허둥지둥 도망치던 승환은 빙판에 미끄러져 넘어지고 말았다.

가까이 다가온 들개를 보면서 최후를 직감한 순간, 붉은 화염이 머리 위에서 터져 나왔다. 리신 할아버지가 조명탄을 터트린 것이다. 기세등등하던 들개들은 순식간에 꼬리를 말고 돌아서서는 방금 전에 화살에 맞고 죽은 들개를 뜯어 먹었다. 그걸 보고 일어난 승환이 세빈에게 외쳤다.

"어서 뛰어!"

세 사람은 들개들이 동료를 먹어 치우는 틈을 타서 그 자리를 벗어났다. 컹컹거리던 들개들의 울음소리가 눈보라 속으로 사라져 버렸다. 한숨 돌린 일행은 높은 빌딩들의 잔해가 펼쳐진 시내 중심가로 접어들었다. 거추장스러운 방독면을 벗어던진 승환의 눈에 쌍둥이처럼 붙은 건물이 보였다. 주변에도 높은 빌딩들이 눈더미에 파묻혀 있었다.

"시청이었던 건물이다."

리신 할아버지가 음울한 목소리로 얘기한 뒤 주변을 살펴보면서 덧붙였다.

"조금만 더 가면 되니까 서두르자."

리신 할아버지를 따라 발걸음을 옮기려던 승환은 세빈이 우뚝 서 있는 걸 봤다. 고개를 든 세빈이 빌딩들을 바라보는 중이었다.

"뭐 해?"

세빈이 걱정스러운 표정으로 빌딩들을 올려다봤다.

"저게 좀 이상해서."

뭐가 이상하냐고 물으려는 찰나, 세빈이 가리킨 빌딩들이 서서히 갈라졌다. 생각지도 못한 모습에 입을 다물지 못하고 있는데 앞장서 걷던 리신 할아버지가 외쳤다.

"어서 피해! 저건 빌딩이 아니야."

"그럼요?"

"눈이 쌓인 거다. 무너지고 있는 중인데 깔리면 못 빠져나올지도 몰라!"

리신 할아버지의 얘기에 승환은 덜컥 겁이 났다. 쩍 소리가 나면서 빌딩이라고 생각했던 거대한 눈기둥이 무너졌다. 멀리 도망쳐야 했는데 눈이 깊이 쌓여 있어서 생각만큼 움직일 수가 없었다. 뒤에 있던 세빈이가 외쳤다.

"무너지고 있어!"

잠시 후, 거대한 진동과 함께 눈 폭풍이 몰아쳤다. 세빈이 다급하게 소리쳤다.

"저기 버스 쪽으로 뛰어!"

도로 구석에 옆으로 넘어진 버스가 눈 속에 반쯤 파묻혀 있었다. 승환은 그쪽으로 다급히 방향을 튼 다음 정신없이 뛰었다. 하지만 버스에 도착하기도 전에 몰아친 눈 폭풍에 휩쓸린 뒤 그대로 쓰러져서 의식을 잃고 말았다.

"으악!"

세상이 온통 하얗게 덮여 있었다. 승환은 어느 정도 정신을 차린 다음에야 자신이 눈에 파묻혀 있다는 걸 깨닫고는 공포감을 느꼈다.

"젠장."

서둘러서 나가지 않으면 이대로 얼어 죽을 수도 있었다. 승환은 발버둥을 치면서 손으로 눈을 파헤쳤다. 하지만 딱딱한 눈덩어리는 쉽게 파헤쳐지지 않았다.

"여기서 죽을 수는 없어!"

거의 포기하려는 찰나, 손가락 끝이 세상 밖으로 나갔다. 승환은 마지막 힘을 쥐어짜 내 눈을 헤치고 나온 후 주변을 돌아봤다. 길이었던 곳에 눈으로 된 작은 언덕들이 생겨났다. 미친 듯이 주변을 돌아봤지만 두 사람이 보이지 않았다.

"할아버지! 세빈아!"

온몸이 눈에 젖어서인지 사방에서 추위가 엄습해 왔다. 하지만 두 사람을 찾아야 한다는 생각에 승환은 고래고래 소리를 질렀다. 그사이에 해가 저물어 갔다. 무릎까지 빠지는 눈 더미 속을 미친 듯이 헤매던 승환은 지쳐서 주저앉았다. 어떻게 해야 할지 모른다는 생각에 눈물이 흘러나왔다.

"나 혼자 어떡하지?"

막막함에 주변을 돌아보는데 눈 더미 위로 작은 기둥 같은 게 보였다. 아까는 아무것도 없었던 곳이라 승환은 저도 모르게 그쪽으로 발길을 돌렸다. 가까이 가서 살펴보니 리신 할아버지가 쓰던 지팡이였다.

"할아버지!"

승환은 무릎을 꿇은 다음 두 손으로 눈을 파헤쳤다. 그러자 눈 더미 속에서 세빈을 끌어안은 리신 할아버지가 보였다. 승환은 서둘러 눈 더미 속에서 두 사람을 끄집어냈다. 세빈이는 그나마 의식이 있었지만 리신 할아버지는 눈을 감은 채 정신을 잃고 있었다.

"괜찮아?"

승환의 물음에 세빈이 힘겨운 표정으로 고개를 끄덕거렸다.

"할아버지가 잡아 주지 않았으면 진짜 큰일 날 뻔했어."

"나도 지팡이가 없었으면 못 찾을 뻔했어."

"도저히 눈을 파헤치고 못 나올 것 같아서 말이야."

"이제 어쩌지? 어두워지고 있어."

주변을 돌아보던 세빈이 빌딩 쪽을 가리켰다.

"아까 봤던 버스야. 저기로 가자."

"알았어."

승환은 세빈과 함께 아직도 정신을 차리지 못한 리신 할아버지를 양쪽에서 부축하면서 버스 쪽으로 향했다. 다행히 해가 완전히 떨어지기 전에 옆으로 넘어진 버스에 도착할 수 있었다. 세 사람은 버스의 깨진 앞 유리창을 통해 안으로 들어갔다. 승환은 얼어붙은 시신이나 해골과 마주칠까 봐 걱정했지만 다행히 아무것도 없었다.

옆으로 넘어진 버스가 바람을 어느 정도 막아 줬다. 두 사람은 리신 할아버지의 배낭에 있던 나무와 주변에 있던 눈을 쌓아서 바람을 막았다. 그리고 리신 할아버지를 가운데 두고 서로 바짝 끌어안은 채 추위를 견뎠다. 그사이에 리신 할아버지가 정신을 차렸다. 다시 정신을 잃으면 위험해질 수 있는 상황이었다. 그래서 두 아이는 번갈아 가면서 할아버지에게 질문을 하기로 했다. 세빈이 먼저 물었다.

"그런데 할아버지, 프로메테우스라는 대안이 있었으면서 왜 이 지경이 될 때까지 오랜 시간을 끈 거예요?"

"패스워드 때문이란다. 연구실이 폐쇄될 때 우리 연구원들은 비밀번호가 담긴 목걸이들을 가지고 흩어졌거든. 1년 후에 상황이 가라앉으면 만나서 함께 가동시키기로 하고서 말이야. 하지만 생각보다 상황이 악화되면서 다들 흩어진 상태로 모이지 못했지. 결국 10년 동안 내가 직접 돌아다니면서 그들을 만나 패스워드가 든 목걸이를 모았어. 그 와중에 황율이라는 약탈자가 핵융합 기술에 대한 정보를 얻고 뒤를 쫓는 바람에 시간이 더 걸렸단다. 그렇게 마지막에 만난 게 제이였지."

"그때 사람들은 정말로 세상이 이렇게까지 나빠질 줄 몰랐던 건가요?"

승환의 물음에 리신 할아버지는 눈을 꼭 감았다.

"수많은 경고를 무시했지. 가지고 있는 걸 포기하기 싫었으니까. 그리고 상황이 너무 빨리 악화되면서 모든 게 손쓸 새도 없이 끝나 버렸다. 사람들은 최악의 상황이 더디 올 거라 생각했지만 끝은 정말이지

순식간이었다."

그렇게 하룻밤을 보낸 세 사람은 어스름한 빛이 내리쬐는 아침이 되자 길을 재촉했다. 부서진 다리가 걸쳐져 있는 얼어붙은 하천을 건너서 한참을 걸어갔다. 거대한 철탑 같은 구조물들의 흔적이 보였다. 눈에 절반쯤 파묻힌 건물의 현관에는 연구소 라는 간판이 붙어 있었다. 리신 할아버지가 감개무량한 목소리로 말했다.

"여기가 바로 국가 핵융합 연구 단지다."

리신 할아버지가 국가 핵융합 연구 단지라고 부른 곳은 길이 넓었고, 건물들도 띄엄띄엄 서 있었다. 승환이 주변을 두리번거리면서 물었다.

"여기에 프로메테우스가 있나요?"

리신 할아버지가 고개를 끄덕거렸다.

"저기 통제 본부 뒤쪽 연구소 건물 안에 있단다. 어서 가자."

황율이 허공을 향해 방아쇠를 당기자 들개들이 뿔뿔이 흩어졌다. 한쪽 무릎을 꿇은 개코가 장갑을 낀 손으로 바닥을 쓸어서 발자국들을 찾아냈다. 고개를 든 개코가 황율에게 말했다.

"발자국이 북서쪽으로 향하고 있습니다."

황율은 눈보라가 휘몰아치는 북서쪽 방향을 바라보며 중얼거렸다.

"연구 단지로 가는 모양이군. 빨리빨리 움직여."

"대장, 다들 지쳤습니다. 조금 쉬었다가 가시죠."

개코의 말에 황율이 인상을 썼다. 살얼음 같은 그의 표정에 찔끔한 개코가 주변에 서 있는 부하들에게 외쳤다.
"어서어서 움직여!"

연구소 주변은 높은 철조망과 나무들로 가려져 있었다. 다행히 거친 눈보라에 녹슨 철조망들이 군데군데 구멍이 나 있었고, 나무들도 모두 얼어 죽어서 들어갈 만한 구멍을 찾을 수 있었다. 연구소는 마치 잠든 거인처럼 눈과 얼음 속에 누워 있었다. 창문은 보이지 않았고, 문들도 셔터와 방화문이 내려진 상태였다. 건물 안으로 들어갈 수 있는 곳을 찾지 못한 승환이 방독면을 벗은 리신 할아버지에게 물었다.
"어떻게 들어가죠?"
"따라오너라."
리신 할아버지가 두 사람을 데리고 간 곳은 연구소 뒤쪽 출입구 위에 있는 환풍구였다. 2층 정도의 높이라서 타고 올라갈 만한 게 필요했다. 발판으로 삼을 만한 나무를 구하러 갔다. 하얀 입김을 토해 내며 걷던 승환이 물었다.
"안에 들어가서 어떻게 해야 하죠?"
리신 할아버지가 주위를 두리번거리며 단호하게 대답했다.
"태양의 눈을 뜨게 만들어야지."
"멈춘 지 10년이 넘었는데 움직일 수 있을까요?"
"마지막으로 멈췄을 때 모든 게 완벽했다. 그때처럼 다시 움직이기를 바라야지."
옆에서 듣고 있던 세빈이 물었다.

"그런데 태양의 눈을 뜨게 만든다는 게 정확히 무슨 뜻이에요?"

"토카막(TOKAMAK)이라고 불리는 도넛 모양의 밀폐 장치 안에 중수소와 삼중수소를 넣는다. 그리고 고온 고압의 열을 가하면 플라즈마 상태에서 핵융합 반응이 일어난단다. 거기에 자기장을 발생시켜 고온의 플라즈마를 가두면 핵융합 에너지를 얻을 수 있지."

"그 플라즈마가 태양이란 말인가요?"

승환이 묻자 리신 할아버지가 고개를 끄덕거렸다.

"그렇지. 그렇게만 된다면 폐허가 된 이 세상에 새로운 희망의 불씨를 심을 수 있단다."

세 사람은 마침내 적당한 나무를 찾아 연구소로 끌고 왔다. 그리고 부서진 환풍구에 걸쳐 놓았다. 리신 할아버지가 승환에게 말했다.

"먼저 올라가려무나."

승환이 나무에 올라타는 순간, 얼음같이 차가운 총성이 울려 퍼졌다. 놀란 승환이 주변을 두리번거리자 리신 할아버지가 목에 걸고 있던 목걸이를 벗어서 건넸다. 그리고 주머니에서 다른 목걸이를 꺼내서 세빈에게 줬다.

"환풍구를 타고 쭉 가면 엘리베이터 통로가 나올 게다. 거길 타고 지하로 내려가면 프로메테우스형 핵융합로가 있다. 태극기가 걸려 있는 벽 아래쪽 콘솔에 가서 붉은색 레버를 올리면 전원이 들어올 게다. 그러면 화면을 켜고 그 아래 콘솔에 목걸이들을 꽂은 다음에 돌리면 된다."

"그걸 왜 제가……."

"피해!"

리신 할아버지가 승환을 힘껏 떠밀면서 외쳤다. 눈 위에 넘어진 승환은 얼음이 깨지는 것 같은 총성을 들었다. 어리둥절해하던 승환은 뒤따라 들려오는 총성에 퍼뜩 정신을 차렸다. 그리고 방독면을 벗은 리신 할아버지의 옆구리가 순식간에 피로 물들어 가는 것을 보고는 깜짝 놀랐다.

"하, 할아버지."

바닥에 주저앉은 채 배낭에서 권총을 꺼낸 리신 할아버지가 힘겹게 말했다.

"황율인 것 같아."

"핵융합 기술을 노리는 그 약탈자 말인가요?"

길 건너편에서 그림자들이 몰려오는 게 보였다. 승환은 어깨에 메고 있던 화살 총을 움켜쥐었다. 하지만 리신 할아버지가 피 묻은 손을 내저으면서 만류했다.

"여기서 내가 막을 테니까 넌 어서 핵융합로를 가동해."

"할아버지는요?"

"이럴 시간 없어! 어서 가! 어서."

권총의 슬라이드를 당겨서 장전한 리신 할아버지가 벽에 기댄 채 호통을 쳤다. 큰길 쪽에서 총알이 빗발치듯 날아들기 시작하자 승환은 세빈의 손을 잡고 나무를 타고 올라갔다. 환풍구 안으로 들어간 승환이 안타까운 얼굴로 내려다보자 리신 할아버지는 어서 가라는 손짓을 했다.

승환은 발로 나무를 걷어차서 떨어뜨리고는 세빈의 손을 잡고 환풍구 안을 기어갔다. 바깥에서 들려오는 총소리가 점점 멀어져 갔다. 정신없이 기어가던 승환은 갑자기 바닥이 사라져 버리는 걸 느꼈다. 승환은 세빈과 함께 비명을 지르면서 어둠 속으로 떨어졌다.

부두목인 개코를 비롯한 부하들이 연거푸 쓰러졌지만 황율은 개의치 않고 달려 나갔다. 심지어 엎드려 있는 부하를 일으켜 세워서 방패막이로 삼기도 했다. 그리고 마침내 총알이 떨어진 늙은이에게 다가가 권총을 쏴서 제압하는 데 성공했다. 입에서 피를 토한 늙은이를 내려다보던 황율이 총알을 피해 바닥에 머리를 박고 있는 부하들에게 호통을 쳤다.

"이런 겁쟁이들 같으니라고. 어서 움직여!"

부하들이 모이는 동안, 죽은 줄 알았던 노인이 눈을 떴다. 눈을 껌뻑거리던 노인은 황율을 올려다보면서 말했다.

"그건 네놈이 가질 수 있는 게 아니야."

"세상은 힘이 있는 자가 차지하게 되어 있어. 이걸 손에 넣으면 나는 진정한 제왕이 될 수 있단 말이야."

의기양양하게 외치던 황율은 노인이 한 손에 쥐고 있던 수류탄의 안전핀을 뽑는 것을 보고는 그대로 얼어붙었다. 거대한 불길이 환풍구 주변에 있던 그와 부하들을 감쌌다. 폭발에 휩싸인 황율은 비명을 지르며 불길에 휩싸였다.

어두운 바닥에 떨어지면서 의식을 잃었던 승환은 천천히 정신을 차렸다. 바로 옆에 누워 있던 세빈도 신음 소리를 내면서 눈을 떴다. 주변이 너무 어두워서 어디가 어딘지 알 수 없었다. 그때 승환이 지포 라이터를 켰다.

"어제 할아버지가 준 거야."

지포 라이터의 불빛에 의지해서 주변을 살펴보던 승환은 한쪽 벽에 걸려 있던 태극기를 발견했다. 제이 할아버지가 보금자리의 스크린도어에 그려 주던 모양 그대로였다. 그쪽으로 다가간 승환이 손으로 콘솔을 더듬으면서 중얼거렸다.

"붉은색 레버를 올리라고 했어."

레버를 찾은 건 세빈이었다. 손잡이를 움켜잡은 승환이 힘을 주면서 위로 당겼다. 처음에는 조용했다. 그러다 세빈이 속삭였다.

"뭔가 쿵쿵대는 소리가 들려."

세빈의 얘기가 끝나기가 무섭게 천장의 LED 램프가 켜졌다. 그러면서 거대한 핵융합 발전기인 프로메테우스가 모습을 드러냈다. 압도적인 크기를 본 승환은 할 말을 잊었다. 어른 몸통만 한 굵기의 전선들이 사방으로 뻗어 있었고, 벽에는 낯선 콘솔들과 기계 장치들이 가득했다. 낯선 장치들을 보며 넋을 잃고 있는 승환에게 세빈이 외쳤다.

"정신 차려. 어서 열쇠를 돌려야지."

승환은 콘솔에서 열쇠를 꽂는 구멍들을 찾아냈다. 구멍이 모두 네 개인 걸 본 승환이 주머니에서 리신 할아버지에게 받은 목걸이를 꺼냈다. 끝부분이 열쇠처럼 생겼는데 구멍에 딱 맞을 것 같아 보였다.

세빈이 주머니에서 아까 건네받은 목걸이를 꺼냈다.

"내가 가지고 있는 건 세 개야."

"이거랑 합치면 네 개니까 같이 집어넣자."

"알았어."

열쇠를 구멍에 꽂은 승환이 양손으로 열쇠를 하나씩 잡았다. 그리고 옆에서 똑같이 열쇠를 잡은 세빈에게 말했다.

"하나, 둘, 셋에 돌리자."

그리고 심호흡을 하고는 외쳤다.

"하나! 둘! 셋!"

두 사람이 구멍에 꽂은 열쇠를 동시에 돌렸다. 처음에는 아무 변화도 없었다. 실망한 승환이 중얼거렸다.

"뭐가 잘못된 거지?"

승환이 콘솔을 주먹으로 내리치며 소리쳤다.

"너무 오래돼서 작동을 못하는 거 같아."

그때 구멍에 꽂은 열쇠를 보던 세빈이 소리쳤다.

"잠깐만."

열쇠를 뽑은 세빈이 거기에 적힌 숫자와 콘솔의 구멍에 적힌 숫자를 번갈아서 바라봤다.

"숫자에 맞춰서 넣어야 하나 봐."

세빈이 순서대로 열쇠를 다시 끼우고 아까처럼 한꺼번에 돌렸다. 그러자 위잉 하는 소리와 함께 핵융합로가 가동되는 소리가 들렸다. 그리고 옆에 붙어 있던 다른 기계들도 하나씩 불이 켜지면서 작동되었다. 핵융합로 곁으로 다가간 승환은 웅웅대는 소리에 귀를 기울였다가 환하게 웃었다.

"움직이고 있어. 작동되나 봐."

키를 꽂은 콘솔 옆에 있던 거대한 벽돌 블록 같은 것에 불이 켜지면서 게이지가 올라갔다. 그리고 제일 마지막 게이지까지 도달했을 때 벽에 붙은 모니터가 켜졌다.

화면에는 하얀색 방진복 차림의 제이와 리신 할아버지가 보였다. 오래전 화면인지 두 사람 모두 젊어 보였다. 제이 할아버지가 화면을 보면서 심각한 표정으로 입을 열었다.

"누군가 이 화면을 봤다는 것은 우리 대신 프로메테우스형 핵융합로를 다시 가동했다는 얘기일 겁니다. 우리는 각고의 노력 끝에 핵융합 원자로를 완성했지만 강대국들의 암투와 정치인들의 훼방으로 인해 결국 연구에서 손을 떼야만 하는 상황에 처했습니다. 그래서 우리들은 열쇠를 나눠 가진 다음 후일을 기약했습니다. 만약 우리가 못한다면 믿을 만한 후계자에게 이 일을 맡기기로 하고 말입니다. 인류는 지금 갑작스러운 빙하기를 맞이해서 멸망의 위기에 처했습니다. 당신이 마지막 희망입니다. 옆방으로 가면 프로메테우스형 핵융합로를 완벽하게 작동할 수 있는 법, 그리고 그걸 이용해서 다시 문명을 재건할 수 있는 노아 프로젝트에 관한 자료를 볼 수 있을 겁니다. 그럼 행운을 빕니다."

화면이 꺼지고 덜컥거리면서 문이 열리는 소리가 들렸다. 두 사람은 말없이 그 방으로 들어갔다. 방에는 정수기와 건조 식량, 그리고 두꺼운 방한복과 부츠들, 그리고 책들이 쌓여 있었다. 천천히 둘러보던 세빈이 먼지를 뒤집어쓴 액자를 가리켰다.

"저기 봐."

액자에는 손에 작은 태극기를 든 채 활짝 웃고 있는 제이 할아버지와 리신 할아버지가 보였다. 승환은 천천히 액자로 다가가서 사진 속의 두 사람에게 말했다.

"반드시 빛을 찾도록 할게요."

작가의 말

저는 추운 게 딱 질색입니다. 군인 시절을 대한민국에서 가장 북쪽인 고성 위쪽 간성에서 지냈기 때문인데요. 영하 30도 아래로 내려가서 온도계의 수은주가 터져 버리는 일을 자주 목격했습니다. 강한 바람에 눈이 옆으로 날리고, 막사의 문을 열지 못할 정도로 눈이 쌓이는 건 흔하디흔한 일상이었습니다. 그래서인지 저에게 멸망은 곧 추위라는 선입견을 갖게 되었습니다. 그래서 기후에 문제가 생긴다면 어떤 세상이 될 것인가를 상상했을 때 망설임 없이 추운 세상을 떠올리게 된 것입니다.

최근 여기저기에서 기후 변화에 대해서 이야기하고 있습니다. 저는 추운 세상이 싫습니다. 그리고 그것을 막기 위해서라면 좀 더 불편하게, 신경을 쓰며 살 준비가 되어 있습니다. 차라리 지금 불편하고 신경을 쓰는 것이 미래의 불행보다는 훨씬 견디기 쉬운 일이니까요. 아울러, 우리가 망친 세상을 후손들에게 물려주는 것도 싫습니다.

일인용 캡슐

첫판 1쇄 펴낸날 2021년 7월 12일
10쇄 펴낸날 2024년 5월 7일

지은이 김소연 윤해연 윤혜숙 정명섭
펴낸이 박창희
편집 홍다휘 백다혜 **디자인** 배한재
마케팅 박진호 **홍보** 김인진 **회계** 양여진

펴낸곳 (주)라임
출판등록 2013년 8월 8일 제 2013-000091호
주소 경기도 파주시 심학산로 10, 우편번호 10881
전화 031) 955-9020, 9021 **팩스** 031) 955-9022
이메일 lime@limebook.co.kr **인스타그램** @lime_pub
홈페이지 www.prunsoop.co.kr

ISBN 979-11-89208-81-3 44810
979-11-951893-0-4 (세트)